珍藏江南

江南词

胡晓明 —— 主编
彭国忠 —— 编著

上海科学技术文献出版社
Shanghai Scientific and Technological Literature Press

图书在版编目(CIP)数据

江南词/彭国忠编著.—上海：上海科学技术文献出版社，2019
（江南文化丛书）
ISBN 978-7-5439-7952-9

Ⅰ.①江… Ⅱ.①彭… Ⅲ.①古典诗歌—诗集—中国 Ⅳ.①I222

中国版本图书馆 CIP 数据核字（2019）第 155869 号

组稿编辑：张　树
责任编辑：王　珺　黄婉清
封面设计：樱　桃

江　南　词
JIANGNAN CI
胡晓明　主编　彭国忠　编著
出版发行：上海科学技术文献出版社
地　　址：上海市长乐路 746 号
邮政编码：200040
经　　销：全国新华书店
印　　刷：常熟市人民印刷有限公司
开　　本：650×900　1/16
印　　张：13.25
插　　页：16
字　　数：164 000
版　　次：2019 年 8 月第 1 版　2019 年 8 月第 1 次印刷
书　　号：ISBN 978-7-5439-7952-9
定　　价：58.00 元
http://www.sstlp.com

"江南文化"丛书编委会

策 划：陈 超
主 编：胡晓明
编 委：陈 超　陈引驰　胡晓明　彭国忠

本册编写人员：周 露　俞 露　汪逸苗
　　　　　　　张雨帆

总　序

胡晓明

八十岁的老母亲在电话里问我最近在忙什么。我说在编"珍藏江南"。"江南,听着就好舒服。"母亲说。是呀,一提到"江南"这个词,立即会有一种温婉灵秀的感觉,有一种齿颊生香的美妙。"你都快要变成江南人了。"母亲说。"春水碧于天,画船听雨眠。垆边人似月,皓腕凝霜雪。未老莫还乡,还乡须断肠。"我也像韦庄那样,过久留恋于江南,而久久回不到母亲的身旁。外乡人被"江南"俘虏的,有船子和尚,蜀人,在外漂泊四十载,后来在松江的朱泾住下就不走了。在那里写了透明的禅诗"满船空载月明归"。有苏东坡,也是蜀人,自认前身是江南人,"一岁率常四五梦至西湖上,此殆世俗所谓前缘者",常常在西湖边,进一陌生的寺院,就知道转进去背后的石头上,刻的是什么诗句。在姑苏当太守的白居易、刘禹锡,都是北方人,却写了那么多美妙的作品,讴歌苏州,抒发对江南不舍的深情。金主完颜亮的投鞭南下,乾隆皇帝下江南的执着纠缠,以及曹雪芹《红楼梦》中贾宝玉一见江南来的林妹妹,就说这个妹妹我曾见过,这都是被江南深深俘获的人。江南是机括、是磁铁、是一个不能唤醒的梦、是一坛永远饮不尽的美酒,擒住了东西南北的人,成为中国人心头回荡的歌。

那么,江南究竟"珍藏"了什么?"江南",究竟有什么值得我们好好珍藏呢?

中国的历史,以东汉为界,分成两大阶段。东汉以前,主要的战争是东西之间的战争,以函谷关太行山为界,从先秦的猃狁、西汉的匈奴、东汉的西羌,一直到黄巾、董卓等,东西之间,打了差不多上千年。正如傅斯年

江南词

说的：(中国的)形势只有东西之分，并无南北之限。可是，东汉以后的中国，常常讲南北之分。从崇尚武力讨伐、你死我活的"东西对峙"，转为崇尚文明建设和平发展的"南北之异"，不仅是中国历史的大转变，而且是极富历史教训的大启示！此中机缘，自有解人。首先要珍藏的，就是这个大转变、大启示。

江南，依水而起，傍水而兴，四周有大运河、钱塘江、东海、长江，中有太湖，具有江河湖塘、山林水乡的独特生态，这里土地肥沃、气候宜居、漕运发达、物流畅通、物产丰富；同时，又因它是除了中原地区之外，历代建都最多的地域，成为历史上第二个政治中心。天然的自然环境优势与多年积累的政治地缘优势，使这里集中了大量的人才与资源，不仅是无可争议的华夏文明积累极为丰厚的地区，而且在这个过程中，还产生了"上有天堂、下有苏杭"这样远播海内外的江南文化认同。

其实有许多江南的风物，并非江南独有，甚至是外来的，但最终却成为江南的标志。如杏花，"杏花春雨江南""牧童遥指杏花村""杏花消息雨声中""沾衣欲湿杏花雨""深巷明朝卖杏花""杏花疏影里，吹笛到天明"等；还有荷花、梅花、菊花、竹、兰等，也渐渐成为江南的文化标识。这里有一个很重要的原因，即江南自古以来有一种美学机制，"让美好事物加倍美好"，这当中，文学艺术起到了重要的作用。从《楚辞》中的"魂兮归来兮哀江南"、汉乐府中的"江南可采莲"，以及六朝骈文与诗歌中的江南风景、人物，唐诗宋词里的风景、人物、意象、题材、美典，一直到明清小品笔记与话本中有关江南的传统与故事，"江南"通过绘画、诗歌、美文、名言、意象群、故事传奇、美食、美器、美人，叠加、放大、传播，化艺术为生活，化生活为美学，化实为虚，将学问融于美，达到一种美美与共的效果。"暮春三月，江南草长，杂花生树，群莺乱飞"，以及"三秋桂子、十里荷花"的辞章，是永远的抒情美典。"江南"传承有自，积累深厚，成为一个重要的中华文化形象符号。我们今天宣传"江南",不仅是珍藏这样一份厚重的文艺积淀,更是珍视其中的传统美学智慧与文明传播经验。

"江南"不仅是古老的,还是年轻的。"江南"促成了现代文明与传统文化相结合的可能性,譬如江南既有水乡的柔美,又有海洋的刚强,譬如它的深厚、温馨、灵秀,转化而为爱国进步、开拓向上、敬重文脉,崇尚自由精神等,"江南"是一种对美的理想。说不完的"江南"背后,有着取之不尽的中华智慧与文明基因。珍藏"江南",不仅是珍藏历史,还是珍藏我们的文化根基。

我给母亲讲了一个江南的小故事。有一年我在杭州,一个出租车司机告诉我雷峰塔为什么会倒掉。

原来,民间盛传雷峰塔的砖,有神力,可以镇妖辟邪。于是杭州人都去拿雷峰塔的砖,拿的人多了,雷峰塔就倒塌了。

妈妈说,这跟鲁迅讲的不一样,这是民间的讲法,雷峰塔进到家里了。

古典的江南并没有消失,而是化为一草一木、一砖一石,珍藏在家家户户,保护生灵,抚慰了我们的乡愁。

于是,我把这个吉祥而美丽的故事,作为本篇小序的结束。

一、山川风物

忆江南　白居易　/ 3
渔父　张志和　/ 5
菩萨蛮　韦庄　/ 7
点绛唇·感兴　王禹偁　/ 8
酒泉子　潘阆　/ 9
望海潮　柳永　/ 11
采桑子　欧阳修　/ 14
浣溪沙　苏轼　/ 16
渔家傲　黄庭坚　/ 18
青玉案·横塘路　贺铸　/ 19
满庭芳　周邦彦　/ 22
霜天晓角·蛾眉亭　韩元吉　/ 25
暗香　姜夔　/ 27
疏影　姜夔　/ 29
望江南　王世贞　/ 32
摊破浣溪沙　陈继儒　/ 33
洞仙歌·吴江晓发　朱彝尊　/ 34
浣溪沙　王士祯　/ 36

百字令　厉鹗 / 40
　　齐天乐·吴山望隔江霁雪　厉鹗 / 42
　　湘月　项廷纪 / 43
　　水龙吟·雪中登大观亭　邓廷桢 / 45

二、怀古咏史
　　桂枝香·金陵怀古　王安石 / 51
　　西河·大石金陵　周邦彦 / 53
　　南乡子·登京口北固亭有怀　辛弃疾 / 54
　　永遇乐·京口北固亭怀古　辛弃疾 / 56
　　水龙吟·登建康赏心亭　辛弃疾 / 59
　　念奴娇·登建康赏心亭呈史致道留守　辛弃疾 / 61
　　满江红·金陵怀古　萨都剌 / 62
　　念奴娇·登石头城次东坡韵　萨都剌 / 64
　　满江红·蒜山怀古　吴伟业 / 65
　　卖花声·雨花台　朱彝尊 / 67
　　鹧鸪天　孔尚任 / 69
　　汨罗怨·过旧都作　吕碧城 / 71

三、节日风俗
　　木兰花·乙卯吴兴寒食　张先 / 77
　　青玉案·元夕　辛弃疾 / 78
　　鹧鸪天·元夕有所梦　姜夔 / 79
　　澡兰香·林钟羽淮安重午　吴文英 / 80
　　御街行·中秋　严绳孙 / 83

百字令·丁酉清明　厉鹗 / 84
丑奴儿慢·春日　黄景仁 / 86

四、咏物

解连环·孤雁　张炎 / 91
摸鱼儿·莼　王沂孙 / 93
木兰花慢·杨花　张惠言 / 95
瑞鹤仙·落梅　郑文焯 / 97

五、行旅送别

朝中措·送刘仲原甫出守维扬　欧阳修 / 101
行香子·过七里滩　苏轼 / 103
卜算子·送鲍浩然之浙东　王观 / 104
踏莎行·郴州旅舍　秦观 / 105
念奴娇·过洞庭　张孝祥 / 107
西江月·夜行黄沙道中　辛弃疾 / 109
一剪梅·舟过吴江　蒋捷 / 110

六、爱情思念

相思令　林逋 / 115
蝶恋花　苏轼 / 116
少年游　周邦彦 / 117
武陵春·春晚　李清照 / 120
钗头凤　陆游 / 122
钗头凤　唐婉 / 124

踏莎行　姜夔　/ 125

唐多令·惜别　吴文英　/ 126

一剪梅　唐寅　/ 128

临江仙·逢旧　吴伟业　/ 129

桂殿秋　朱彝尊　/ 130

霓裳中序第一　赵文哲　/ 131

七、现实人生

相见欢　朱敦儒　/ 137

蝶恋花　范成大　/ 138

清平乐　辛弃疾　/ 139

扬州慢　姜夔　/ 140

沁园春　陈维崧　/ 143

满江红·楚黄署中闻警　顾贞立　/ 145

台城路　蒋春霖　/ 147

凄凉犯　蒋春霖　/ 149

八、感怀

潇湘神　刘禹锡　/ 153

长相思　白居易　/ 154

梦江南　皇甫松　/ 155

浣溪沙　李璟　/ 157

望江南　李煜　/ 160

望江梅　李煜　/ 162

浪淘沙　李煜　/ 163

虞美人　李煜　／ 164

菩萨蛮　冯延巳　／ 166

诉衷情近　柳永　／ 168

蝶恋花　晏几道　／ 169

卖花声·题岳阳楼　张舜民　／ 171

江神子　谢逸　／ 172

蝶恋花·送春　朱淑真　／ 174

满江红·暮春　辛弃疾　／ 175

丑奴儿·书博山道中壁　辛弃疾　／ 177

八归　史达祖　／ 177

高阳台·和周草窗寄越中诸友韵　王沂孙　／ 179

风入松　吴文英　／ 181

糖多令　刘过　／ 183

风入松　虞集　／ 184

兰陵王·丙子送春　刘辰翁　／ 186

沁园春·恨　郑燮　／ 189

鹊踏枝·过人家废园作　龚自珍　／ 191

百字令·经阮嗣宗墓下作　蒋敦复　／ 193

贺新郎·秋恨　郑文焯　／ 195

浣溪沙　王国维　／ 196

一、山川风物

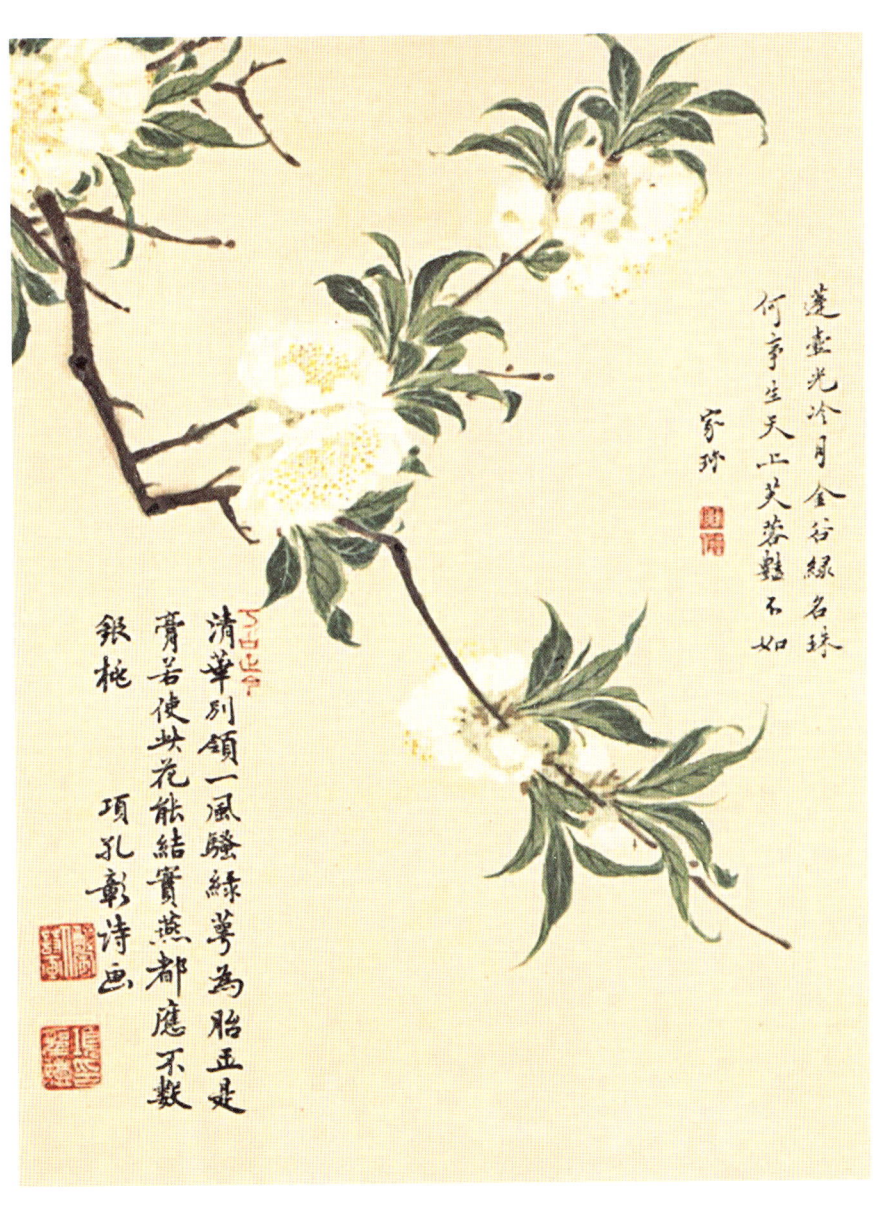

蓬壺光冷月金谷綠名琛
何爭生天此芙蓉魁不如
　　家珍

清華別領一風騷綠萼為胎玉是
膏若使此花能結實燕都應不數
銀桃
　項孔彰詩畫

慶清朝慢 辛丑長安元夕同王雪子金繪齋集

埠雪燈樓障風酒幕千門春散京華閒情似夢小歡深
醉銷佳莫趁走橋人去故園伴侶在天涯當杯有一般
好月燭影初斜簫鼓隔牆未厭況水曹詩俊淡墨樓
雅疏香共憶窗外應少梅花從此滿城門草細孃催上
卓金車心期遠鶯邊古寺雁外晴沙

玉漏遲 永康病中夜雨感懷

薄遊成小倦驚風夢雨意長殘短病與秋爭葉葉碧梧
聲顫濕鼓山城暗數更穿入溪雲千片燈暈窮似曾認
我茂陵心眼少年不負吟邊幾尉帛光陰試香池館
歡境消磨盡付砌蟲微歎客于關情藥裏竟何地煙林
疏散懷正遠胥濤喧楓岸

百字令 月夜過七里灘光景奇絕歌此調幾令眾

浪淘沙

簾外雨潺潺春意闌珊羅衾不煖五更寒夢裏不知身是客一餉貪歡　獨自莫凭欄無限江山別時容易見時難流水落花歸去也天上人間

唐宋諸賢絕妙詞選卷第一

忆江南

白居易

其一

江南好,风景旧曾谙①。日出江花②红胜火③,春来江水绿如蓝④。能不忆江南。

其二

江南忆,最忆是杭州。山寺月中寻桂子⑤,郡亭⑥枕上看潮头⑦。何日更重游。

其三

江南忆,其次忆吴宫⑧。吴酒一杯春竹叶⑨,吴娃⑩双舞醉芙蓉⑪。早晚⑫复相逢。

* 选自曾昭岷等编著《全唐五代词》,北京:中华书局,1999年,第72页。
① 谙:熟悉。白居易曾出任杭州刺史、苏州刺史,江南的风光给他留下了深刻印象。
② 江花:江边的花朵,或指江中的浪花。
③ 红胜火:比火焰的颜色更加鲜红。
④ 蓝:指蓝草、蓼蓝,其叶可制青绿染料。
⑤ "山寺"句:作者曾在《留题天竺灵隐两寺》一诗中自注"天竺尝有月中桂子落",又在《东城桂》一诗中自注"旧说杭州天竺寺每岁中秋有月桂子堕"——古代传说杭州天竺寺每年中秋有月亮上的桂花从天而落。桂子,即桂花。
⑥ 郡亭:官署中的亭子。
⑦ 潮头:指钱塘江的潮水。
⑧ 吴宫:春秋时吴王夫差为西施所建的馆娃宫,在苏州西南的灵岩山上,这里代指苏州。

⑨春竹叶：酒名，即竹叶青。此酒清凉爽口，饮之似有春意，故曰"春竹叶"。竹叶青本非吴酒，而为与下文"醉芙蓉"对仗。

⑩吴娃：原为吴地美女名，此泛指吴地美女。

⑪醉芙蓉：指美人的容貌、舞姿优美如荷花。

⑫早晚：何日，何时。

作者简介

白居易(772—846)，字乐天，号香山居士，又号醉吟先生，原籍太原，后迁居下邽(今陕西省渭南市)，唐代著名诗人。白居易与元稹一起倡导新乐府运动，与元稹并称"元白"，与刘禹锡并称"刘白"。白居易有《长恨歌》《卖炭翁》《琵琶行》等作品，现有《白氏长庆集》存世。

题 解

《忆江南》，又名《望江南》《梦江南》《江南好》，原名《谢秋娘》。本为唐教坊曲名，后用作词牌。白居易曾担任杭州刺史两年，后又担任苏州刺史，最后因病卸任苏州刺史。刘禹锡曾作《忆江南》词数首，与白居易唱和，其小序中说："和乐天词，依《忆江南》曲拍为句。"刘禹锡之《忆江南》作于开成二年(837)夏，据此推知，白居易此词也应作于开成二年。作者当时身处洛阳，却对江南念念不忘，以三首《忆江南》词追忆了苏杭美景。第一首词写色彩明艳的江南春景；第二首写杭州秋景，记叙了他在天竺寺赏桂、在郡亭观钱塘江之潮水的经历；第三首则写苏州的美酒、美女、歌舞，表达了自己对苏州的追忆。三首词既各自成篇，又相互联系，表现了苏杭一带美丽的江南风光。

集 评

予考此曲，自唐至今，皆南吕宫，字句亦同。止是今曲两段，盖近世曲子无单遍者。然卫公为谢秋娘作此曲,已出两名。乐天又名以《忆江南》,又名以《谢秋娘》。近世又取乐天首句名以《江南好》。予尝叹世间有改易错乱误人者,是也。(宋王灼《碧鸡漫志》)

《望江南》,即唐《法曲献仙音》也。但法曲凡三叠,《望江南》止两叠尔。白乐天改《法曲》为《忆江南》。其词曰:"江南好,风景旧曾谙。"二叠云:"江南忆,最忆是杭州。"三叠云:"江南忆,其次忆吴宫。"见乐府。(明杨慎《词品》)

较宋词自然有身分,不知其故。(明沈际飞《草堂诗余别集》)

非生长江南,此景未许梦见。(明卓人月、徐士俊辑《古今词统》)

渔 父

张志和

西塞山①边白鹭飞。桃花流水②鳜鱼③肥。青箬笠④,绿蓑衣,斜风细雨不须归。

* 选自曾昭岷等编著《全唐五代词》,北京:中华书局,1999年,第25页。
① 西塞山:后人说法不一,一说在今浙江省湖州市西面,一说在湖北省黄石市。张志和常往来于浙西地区,应依前说。
② 桃花流水:桃花开时恰值春水盛涨,故名"桃花水"。
③ 鳜鱼:淡水鱼,黄绿色,身上有黑斑。江南又称桂鱼,是江南地区的特产。
④ 箬笠:用箬叶及竹篾制成的宽边斗笠。箬,一种竹子。

作者简介

张志和(约730—约810),字子同,自号玄真子、烟波钓徒,婺州金华(今浙江省金华市)人。唐肃宗时,张志和待诏翰林,授左金吾卫录事参军;后因事贬官,浪迹江湖间,不复出仕,隐居于太湖流域的苕溪、霅溪一带。其著有《玄真子》一书,今传《渔歌子》词五首。

·题 解·

张志和所作《渔父》五首是现存最早的《渔父》词作。《词林纪事》卷一引《乐府记闻》云:"张志和尝谒颜真卿于湖州,以舴艋敝,请更之。愿为浮家泛宅,往来苕霅间。作《渔歌子》云云。"《新唐书》记载其"每垂钓,不设饵,志不在鱼也","尝撰《渔歌》,宪宗图真求其歌,不能致",即此词也。单调体,实始于词。此作语言朴实清新,借从容自适的渔家生活,反映出自己隐居时悠然自得的意趣。

·集 评·

张志和《渔歌子》"西塞山前白鹭飞"一阕,风流千古。东坡尝以其成句用入《鹧鸪天》,又用于《浣溪沙》。然其所足成之句,犹未若原词之妙通造化也。黄山谷亦尝以其词增为《浣溪沙》,且诵之有矜色焉。(清刘熙载《艺概》)

按数句只写渔家之自乐,其乐无风波之患。对面已有不能自由者,已隐跃言外,蕴含不露,笔墨入化,超然尘埃之外。(清黄苏《蓼园词选》)

张子同《碧虚篇》有云"无元而元,是谓真元。无真而真,是谓元真",故自称"元真子"。所制《渔歌子》词,凡五阕,"西塞山前"一阕,世尤称之。其时子同弟松龄及南卓、柳宗元、颜真卿、陆鸿渐、徐士衡、陆成矩并有和章。(清张德瀛《词征》)

菩萨蛮

韦 庄

人人尽说江南好。游人只合①江南老。春水碧于天。画船听雨眠。

垆边人②似月。皓腕凝双雪③。未老莫还乡。还乡须断肠。

* 选自曾昭岷等编著《全唐五代词》,北京:中华书局,1999年,第153页。
① 合:应该。
② 垆边人:垆,古代酒店前放酒瓮的土台子。这里借用了卓文君当垆卖酒的典故。《史记·司马相如列传》:"相如与(卓文君)俱之临邛,尽卖其车骑,买一酒舍酤酒,而令文君当垆。相如身自著犊鼻裈,与保佣杂作,涤器于市中。"此处用卓文君来比喻江南女子。
③ 凝双雪:指美人的手腕像凝聚着霜雪一样,非常洁白。双,现通作"霜"。

作者简介

韦庄(836—910),字端己,长安杜陵(今陕西省西安市东南)人,晚唐诗人、词人。其诗《秦妇吟》是当时的名篇;其词与温庭筠齐名,并称"温韦"。韦庄是"花间派"代表作家,词风清丽,善用白描手法,著有《浣花集》十卷。

题 解

菩萨蛮,唐教坊曲名,又名《重叠金》《子夜歌》等。据唐苏鹗《杜阳杂编》记载:"其(女蛮国)国人危髻金冠,璎珞被体,故谓之'菩萨蛮'。当时倡优遂制《菩萨蛮》曲,文士亦往往声其词。"此词为黄巢起义之后,韦庄在南方避乱时所作。词中虽用清新自然的语言描摹了江南的美景,却于末句一转笔锋,发出"未老莫还乡,还乡须断肠"的慨叹。江南虽好,可仍非自己的故乡,透露出作者有家而不得返的苦涩之情。

集 评

此章述蜀人劝留之辞。即下章云"满楼红袖招"也。江南即指蜀。中原沸乱,故曰:"还乡须断肠。"(清张惠言《词选》)

强颜作欢快语,怕断肠,肠亦断矣。(清谭献《复堂词话》)

一幅春江画图,意中是思乡,笔下却说江南风景好,真正泪溢中肠,无人省得。(清陈廷焯《云韶集》)

点绛唇·感兴

王禹偁

雨恨云愁,江南依旧称佳丽。水村渔市。一缕孤烟①细。

天际征鸿,遥认行如缀②。平生事。此时凝睇③。谁会凭阑意。

* 选自唐圭璋编《全宋词》,北京:中华书局,1965年,第2页。
① 孤烟:烹制饭菜形成的炊烟。
② 行如缀:大雁排列成行,就像连缀在一起一样。
③ 凝睇:凝神注视。睇,斜视。

作者简介

王禹偁(954—1001),字元之,济州钜野(今山东省巨野县)人,北宋初年诗文家。他曾任左司谏、知制诰、翰林学士,为人敢于直谏,三次受贬,曾贬至黄州,故世称王黄州。王禹偁为北宋诗文革新运动的先驱,文学方面推崇韩愈、柳宗元,诗学方面推崇杜甫、白居易。他反对五代浮靡的文风,诗歌多反映现实,对当时文坛产生了重要影响,著有《小畜集》《小畜外集》。

一、山川风物

> 题 解

　　《点绛唇》,词牌名(据清徐釚《词苑丛谈》,此调名取自南朝江淹"白雪凝琼貌,明珠点绛唇"诗句),又名《南浦月》《点樱桃》等。《点绛唇·感兴》为王禹偁仅存的一首词,当时他在长洲(今属江苏省苏州市)任知县。上阕写江南阴雨绵绵,令人感到愁闷,但即使如此,江南依旧是美丽无比的。后又描绘了水村、鱼市、炊烟等一系列江南景致,绘就一幅清新淡雅的江南画卷。下阕写天际征鸿,含蓄地表现出自己愿如鸿雁一般奋飞天际,但此时职位低微,无法实现胸中抱负。"谁会凭阑意"又表现出词人不被人理解的苦闷之情,与上阕开头之"雨恨风愁"遥相呼应。

> 集 评

　　宋初以词章早著名者,梓州苏易简作《越江吟》,载《百琲明珠》,蜀之大魁自此始。钜野王禹偁作《点绛唇》,见《小畜集》,谓其文章重于当世。(清沈雄《古今词话》)

　　王元之有《小畜集》,其《点绛唇》词"水村渔市,一缕孤烟细"之句,清丽可爱,岂止以诗擅名。(清王弈清《历代词话》引《词苑》)

酒泉子

潘　阆

　　长①忆观潮,满郭人②争江上望。来疑沧海尽成空。万面鼓声中。

　　弄涛儿③向涛头立。手把红旗旗不湿。别来几向梦中看。梦觉尚心寒④。

江南词

＊选自唐圭璋编《全宋词》，北京：中华书局，1965年，第5页。

① 长：通"常"。

② 满郭人：郭，外城。满郭人，即满城人。

③ 弄涛儿：指那些在海潮波涛中游泳嬉戏、搏击风浪的健儿。南宋周密《武林旧事》卷三《观潮》篇云："吴儿善泅者数百，皆被发文身，手持十幅大彩旗，争先鼓勇，溯迎而上，出没于鲸波万仞中，腾身百变，而旗尾略不沾湿，以此夸能。"

④ 心寒：指心有余悸。

作者简介

潘阆（？—1009），字逍遥，大名（今属河北省）人，宋初著名诗人。至道元年（995）赐进士及第，试国子四门助教，不久又因"狂妄"之罪追还诏书。后又坐事潜逃，漂泊各地。潘阆个性疏狂，作品多具浪漫色彩，著有《逍遥集》《逍遥词》。

题 解

《酒泉子》，原唐朝教坊曲名，后用作词调名。此为作者十首《酒泉子》中的一首，表现了作者对钱塘江潮的回忆。上阕首先描写了众人观钱塘江潮的盛况，为钱塘江潮涌渲染热闹的气氛。其次，作者用夸张的手法，从正面写钱塘潮的宏伟气势。潮水涌来时，就像大海里的水全都灌进了钱塘江口一般，伴随巨大的声响，好像是万面战鼓发出的声音，场面惊心动魄，令人胆寒。下阕则笔锋一转，写弄涛儿的矫健身姿，手中的红旗正是钱塘江潮中的一抹亮色，给作者留下了深刻的印象。以至于在离开钱塘后，作者依然会时常梦到这一场景，梦醒之后，还心有余悸。全词对钱塘江的壮阔刻画得入木三分，有很强的艺术感染力。

一、山川风物

> **集　评**
>
> 好事者以阆游浙江咏潮得名,以轻绡写其形容,谓之《潘阆咏潮图》。(丁傅靖辑《宋人轶事汇编》)

> **·相关江南知识·**
>
> 钱塘江潮,每年农历八月十八左右出现在浙江省杭州湾,钱塘江涌潮最大,潮头高至数米。历代不乏诗人吟咏钱塘江潮,比如苏轼曾有《观浙江涛》:"八月十八潮,壮观天下无。"观潮已经成为当地风俗,场面非常热闹。古代还有一段关于钱塘江的传说,据五代杜光庭《录异记》卷七载:"昔伍子胥累谏吴王,忤旨,赐属镂剑而死。临终,戒其子曰:'悬吾首于南门,以观越兵来伐吴。以鲸鱼皮裹吾尸,投于江中,吾当朝暮乘潮以观吴之败。'自是,自海门山,潮头汹涌,高数百尺,越钱唐,过渔浦,方渐低小。朝暮再来,其声震怒,雷奔电激,闻百余里。时有见子胥乘素车白马在潮头之中,因立庙以祠焉。"因此,伍子胥也被拜为钱塘江潮神。

望海潮

柳　永

东南形胜,三吴都会①,钱塘②自古繁华,烟柳画桥,风帘翠幕,参差③十万人家。云树绕堤沙,怒涛卷霜雪,天堑④无涯。市列珠玑⑤,户盈罗绮竞豪奢。

重湖叠巘⑥清嘉。有三秋桂子⑦,十里荷花。羌管弄⑧晴,菱歌⑨泛夜,嬉嬉钓叟莲娃⑩。千骑拥高牙⑪。乘醉听箫鼓,吟赏烟霞。异日图⑫将好景,归去凤池⑬夸。

* 选自唐圭璋编《全宋词》，北京：中华书局，1965年，第39页。
① 三吴：一作"江吴"，一般指吴兴郡、吴郡、会稽郡，这里泛指江浙一带。
② 钱塘：即今浙江杭州。
③ 参差：指建筑高低不齐。
④ 天堑：天然的壕沟。古代南方国家以长江为天堑抵御北方敌人。此处指钱塘江。
⑤ 珠玑：泛指珠宝等珍贵商品。玑，不圆之珠。
⑥ 重湖叠巘：重湖，湖上数堤将西湖隔为几部分。叠巘，重峦叠嶂。巘，小山。
⑦ 三秋桂子：秋天的桂花。三秋，秋季的三个月。桂子，桂花。
⑧ 弄：显弄，吹弄。
⑨ 菱歌：采菱角时唱的歌曲。
⑩ 莲娃：采莲女。
⑪ 高牙：将军之旗。
⑫ 图：描绘。
⑬ 凤池：一般指中书省，此处代指朝廷。

作者简介

柳永(约984—约1053)，字耆卿，初名三变，字景庄，崇安(今属福建省)人。北宋著名词人，婉约派代表人物。柳永以描写歌妓生活、城市风光以及失意文人羁旅行役的生活等题材为主，代表作有《雨霖铃》《八声甘州》《望海潮》《蝶恋花》《戚氏》等，有《乐章集》传世。

题 解

《望海潮》为柳永自制曲，因词中写及钱塘江大潮得名。柳永写古钱塘(今浙江省杭州市)，极尽描绘杭州的秀丽多姿，繁华富庶，令人神往。此词为柳永赠当时统领杭州的孙何(一说孙沔)所作，流传甚广。相传，金主完颜亮听闻此曲，对杭州的风光人情向往不已，于是有了渡江之志。此

一、山川风物

说虽不足信,但足可见柳永刻画之工。

集 评

至柳耆卿,始铺叙展衍,备足无余,形容盛明,千载如逢当日,较之《花间》所集,韵终不胜。(宋李之仪《姑溪居士文集》)

承平气象,形容曲尽。(宋陈振孙《直斋书录解题》)

孙何帅钱塘,柳耆卿作《望海潮》词赠之云,"东南形胜……"此词流播,金主亮闻歌,欣然有慕于"三秋桂子,十里荷花",遂起投鞭渡江之志。近时谢处厚诗云:"谁把杭州曲子讴?荷花十里桂三秋。那知卉木无情物,牵动长江万里愁。"余谓此词虽牵动长江之愁,然卒为金主送死之媒,未足恨也。至于荷艳桂香,妆点湖山之清丽,使士夫流连于歌舞嬉游之乐,遂忘中原,是则深可恨耳。(宋罗大经《鹤林玉露》)

柳耆卿与孙相何为布衣交。孙知杭州,门禁甚严,耆卿欲见之不得,作《望海潮》词,往谒名妓楚楚曰:"欲见孙相,恨无门路。若因府会,愿借朱唇歌于孙相公之前。若问谁为此词,但说柳七。"中秋府会,楚楚宛转歌之,孙即日迎耆卿预坐。(宋杨湜《古今词话》)

柳永咏钱塘词曰"参差十万人家",此元丰前语也。自高庙车驾自建康幸杭驻跸,几近二百余年,户口蕃息近百万余家。杭城之外城,南西东北各数十里,人烟生聚,民物阜蕃,市井坊陌,铺席骈盛,数日经行不尽,各可比外路一州郡,足见杭城繁盛耳。(宋吴自牧《梦粱录》)

江南相关知识

1. 钱塘江观潮

"每岁八月内,潮怒胜于常时,都人自十一日起便有观者,至十六、十八日倾城而出,车马纷纷,十八日最为繁盛,二十日则稍稀矣。十八日盖

江南词

因帅座出郊、教习节制水军,自庙子头直至六和塔,家家楼屋,尽为贵戚内侍等雇赁,作看位观潮……其杭人有一等无赖、不惜性命之徒,以大彩旗,或小清凉伞、红绿小伞儿,各系绣色缎子满竿,伺潮出海门,百十为群,执旗泅水上,以迓子胥弄潮之戏,或有手脚执五小旗、浮潮头而戏弄。向于治平年间,郡守蔡端明内翰见其往往有沉没者,作《戒约弄潮文》……自后官府禁止,然亦不能遏也。"(宋吴自牧《梦粱录》)

2. 西湖

西湖,位于人间天堂杭州,以风景秀丽闻名。古人为西湖之景总结出十个雅称:平湖秋月、苏堤春晓、断桥残雪、雷峰夕照、南屏晚钟、曲院风荷、花港观鱼、柳浪闻莺、三潭印月、双峰插云。这就是著名的西湖十景。西湖可不只有好风景,它还是杭州的一张文化名片。你可以在细雨朦胧中,漫步白娘子与许仙相会的断桥,也可以登上梅妻鹤子的林逋隐居过的孤山。当然,可别忘了走一走苏堤和白堤,它们是大诗人苏轼和白居易在杭州为官时留给西湖的礼物,同时留下的,还有他们为西湖写下的传世诗篇。

采桑子

欧阳修

群芳过后西湖好①,狼籍②残红,飞絮蒙蒙。垂柳阑干③尽日风。

笙歌散尽游人去,始觉春空。垂下帘栊④。双燕归来细雨中。

* 选自唐圭璋编《全宋词》,北京:中华书局,1965年,第121页。

① 《采桑子》十首,皆以"西湖好"为首句,而词意不重复,为联章体。

② 狼籍:同"狼藉",散乱貌。

③ 阑干:纵横交错貌。
④ 帘栊:窗帘。

作者简介

欧阳修(1007—1072),字永叔,号醉翁,晚号六一居士,庐陵(今江西吉安)人。唐宋八大家之一,北宋著名词人。其代表作有《蝶恋花·庭院深深深几许》《生查子·元夕》等,有《六一词》传世。

题解

欧阳修于宋神宗熙宁四年(1071)退休归颍州,作《采桑子》十首,咏颍州西湖风物。本篇为第四首,通过描写漫天柳絮、满地落花之景,展开了一幅繁华褪去、春尽人散的颍州西湖暮春图。暮春总是使人意兴阑珊,引人伤怀,但是除此之外,欧阳修却独具慧眼地发现了暮春清静疏淡之趣,体现了其晚年脱去世务闲适却又偶觉空虚的心态。

集评

此词工于雕琢,琢静境,静怡人心。(元方回《瀛奎律髓》)

"群芳过后"句,扫处即生。"笙歌散尽游人去"句,悟语是恋语。(清周济《词辨》)

小令尤以结语取重,必通首蓄意、蓄势,于结句得之,自然有神韵。如永叔《采桑子》前结"垂柳阑干尽日风",后结"双燕归来细雨中",神味至永,盖芳歇红残,人去春空,皆喧极归寂之语,而此二句则至寂之境,一路说来,便觉至寂之中,真味无穷,辞意高绝。(刘永济《词论》)

此首,上片言游冶之盛,下片言人去之静。通篇于景中见情,文字极

疏隽。风光之好,太守之适,并可想像而知也。(唐圭璋《唐宋词简释》)

西湖在宋时,极游观之盛。此词独写静境,别有意味。(俞陛云《唐五代两宋词选释》)

· 江南相关知识 ·

1. 颍州西湖

颍州西湖位于安徽省阜阳市颍州区,与杭州西湖、惠州西湖和扬州瘦西湖并称为"四大西湖"。颍州西湖的主要景点有重翠流芳、湖亭、兰园、怡园、湖心亭、宜远桥、望佳桥、禅林深处、苏堤、撷芳园。除了有美景,颍州西湖还与不少文化名人结下了缘分,历代留下关于颍州西湖的诗文近四百篇。北宋时期,晏殊、欧阳修、苏轼相继担任颍州地方长官。欧阳修一生八次来到颍州西湖,并于此致仕归隐,并评价颍州西湖"胜绝天下"。苏轼分别担任过杭州通判和颍州太守,他予颍州西湖以与杭州西湖一样高的评价,作诗称"未觉杭颍谁雌雄"。

浣溪沙

苏 轼

徐门①石潭谢雨②道上作五首。

簌簌③衣巾落枣花。村南村北响缫车④。牛衣⑤古柳卖黄瓜。

酒困路长惟欲睡,日高人渴漫思茶⑥。敲门试问野人家⑦。

* 选自唐圭璋编《全宋词》,北京:中华书局,1965年,第316页。

① 徐门:即徐州(今属江苏省)。

② 谢雨:即雨后谢神。元丰元年(1078)春,徐州发生旱灾,苏轼作为地方长官,到城东二十里处的石潭求雨。喜得雨后,苏轼又到石潭谢神,于路上作此词。

③簌簌:花落的样子。此句意谓"枣花簌簌落衣巾"。
④缫车:缫,通"缲"。缲丝车是抽茧出丝的工具。
⑤牛衣:蓑衣一类的衣服。宋程大昌《演繁露》卷二《牛衣》条:"案《食货志》,董仲舒曰:'贫民常衣牛马之衣,而食犬彘之食。'然则牛衣者,编草使暖,以被牛体,盖蓑衣之类也。"
⑥漫思茶:很想喝茶。漫,有"满"的意思,这里引申为"非常",一作"谩"。
⑦野人家:乡野的农家。

作者简介

苏轼(1037—1101),字子瞻,号东坡居士,眉山(今四川省眉山市)人。苏轼是北宋中期的文坛领袖,他在诗、词、文各方面都有很高的成就。其散文与欧阳修并称"欧苏",诗与黄庭坚并称"苏黄",词与辛弃疾并称"苏辛"。苏轼"以诗为词",将诗的表现手法移植到词中,如大量使用词序、在词中用典等等。苏轼还开拓了词境,为豪放词派的创始人,对后世产生了深远的影响。著有《东坡集》《东坡乐府》等。

题 解

《浣溪沙》,"沙",一作"纱",唐玄宗时教坊曲名,后用作词调。此词当作于宋神宗元丰元年(1078),时苏轼知徐州。苏轼在谢雨途中写了五首《浣溪沙》,此篇为第四首。上阕写初夏时节作者在乡间的所见所闻,从枣花、缫车、卖黄瓜的农民入手,表现了乡村的清新朴实。下阕记事,写作者在途中感到了燥热、口渴,于是就想向乡野的农家要一口水喝,既体现出苏轼为官的平易近人,又体现出乡野民风的淳朴。全词展现出一幅生动的乡村生活画卷,虽然写的是旅途劳顿,但也反映出作者谢雨时的愉快心情。

江南词

渔家傲

黄庭坚

江宁江口阻风,戏效宝宁勇禅师①作古《渔家傲》。王环中②云:庐山中人颇欲得之。试思索,始记四篇。

万水千山来此土。本提心印传梁武。对朕者谁浑不顾。成死语。江头暗折长芦渡③。

面壁九年④看二祖⑤。一花五叶⑥亲分付。只履提归葱岭去⑦。君知否。分明忘却来时路。

* 选自唐圭璋编《全宋词》,北京:中华书局,1965年,第397页。

① 宝宁勇禅师:即金陵保宁寺仁勇禅师,临济宗杨岐派僧,俗姓竺,四明(今浙江省宁波市)人。

② 王环中:黄庭坚友人,生平不详。黄庭坚亦有诗《赠王环中》。

③ "万水"五句:指达摩在南北朝南梁时期到达中国传法,梁武帝问达摩关于圣谛第一义之事,又问"对朕者谁",达摩答"不识"。辞别武帝后,达摩渡江北上,有折芦叶渡江的传说。

④ 面壁九年:用达摩典故,指达摩在嵩山少林寺面壁静修了九年。

⑤ 二祖:即达摩弟子慧可,世称禅宗二祖。

⑥ 一花五叶:用达摩向慧可预言禅宗日后命运的典故。《景德传灯录》载达摩向慧可说偈云:"吾本来此土,传法救迷情。一花开五叶,结果自然成。"指禅宗后分曹洞、临济、云门、沩仰、法眼五家。

⑦ "只履"句:用达摩典故。据《景德传灯录》与《五灯会元》,达摩去世三年后,宋云出使西域,在葱岭见到达摩手提只履。宋云问达摩欲往何处,达摩答曰:"西天去。"葱岭,今帕米尔高原一带。

作者简介

黄庭坚(1045—1105),字鲁直,号山谷道人,晚号涪翁,洪州分宁(今江西省九江市)人,北宋著名文学家,是江西诗派祖师之一。黄庭坚政治生涯坎坷,官至知州,却陷入新旧党争,被新党诬害、流放。黄庭坚与张耒、晁补

花誰是主思悠悠　青鳥不傳雲外信丁香
空結雨中愁囬首綠波三峽暮接天流

烏夜啼

無言獨上西樓月如鉤寂寞梧桐深院鎖清
秋剪不斷理還亂是離愁別是一般滋味
在心頭

清平樂

別來春半觸目愁腸斷砌下落梅如雪亂拂
了一身還滿鴈來音信無憑路遙歸夢難
成離恨恰如春草更行更遠還生

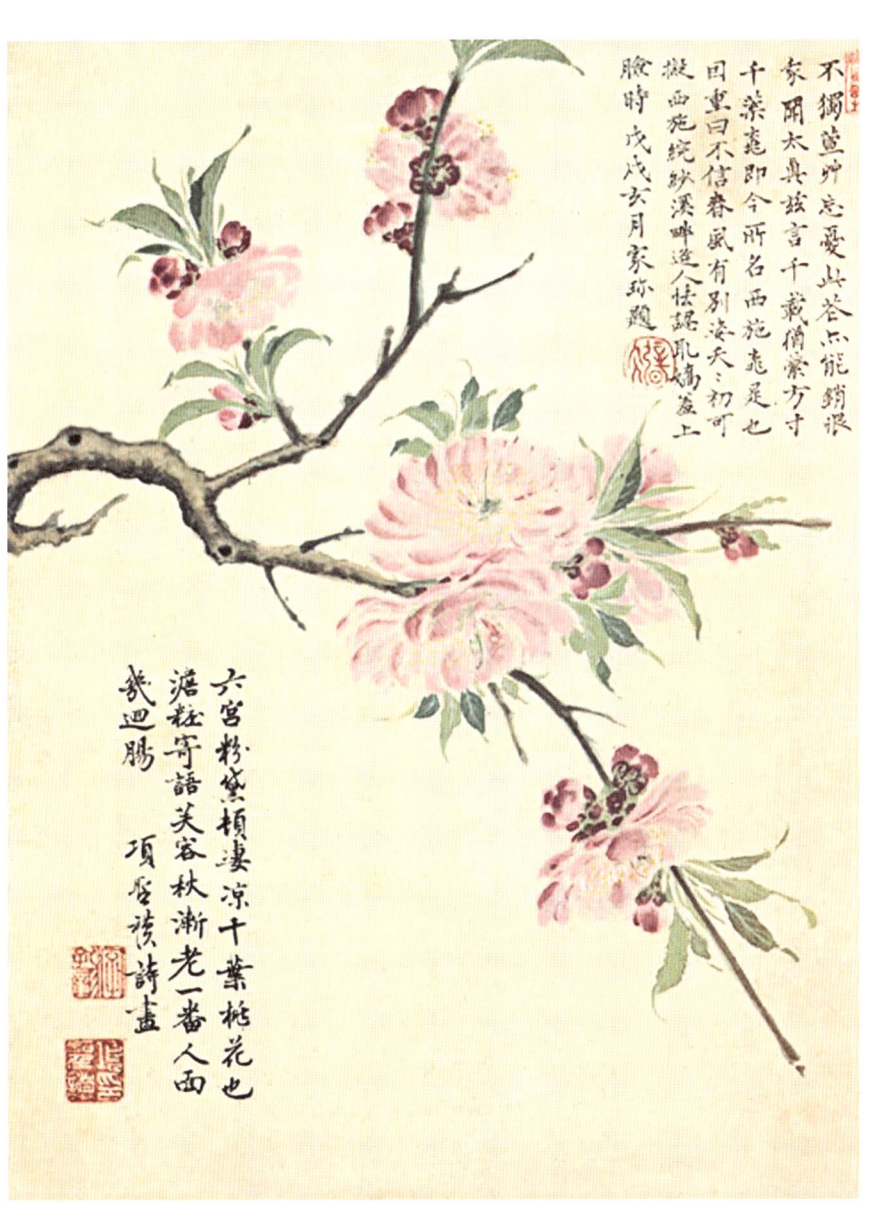

漸吹盡枝頭香絮是處人家綠深門戶遠浦縈回暮帆零亂
向何許。歷代詩餘閱人多矣誰得似長亭樹樹若有情時
今少余　　　　　　　　　　　　　　　　日暮望高城不見只見亂
不會得青青如此。歷代詩餘作許詞譜同
山無數韋郎去也怎忘得玉環分付第一是早早歸來怕紅
一　　　　　　　　　　　　　　　　　　　　　　　　　　　　　寒
萼無人爲主算只有幷刀難剪離愁千縷
　澹黃柳 正平調近
　　客居合肥南城赤闌橋之西巷陌淒涼與江左異
　　唯柳色夾道依依可憐因度此闋以紓客懷

之、秦观曾习艺于苏轼,并称"苏门四学士",其现存词作见《山谷词》。

题 解

本篇作于元丰三年(1080),是年,黄庭坚改官知吉州太和县。秋自汴京归江南,经过江宁江口,效仿江宁保宁寺仁勇禅师作多首《渔家傲》,多用佛教禅宗祖师菩提达摩典故,此为其中一篇。全词叙述达摩自印度来,最终逝于异国他乡,后又魂归故土,颇具传说色彩。虽为词人"戏作",却以"分明忘却来时路"作结,语义恳切哀伤,有"拈提"之旨。

集 评

鲁直少时,使酒玩世,喜造纤淫之句。法秀道人诫云:"笔墨劝淫,应堕犁舌地狱。"鲁直答曰:"空中语耳!"晚年来亦间作小词,往往借题棒喝,拈示后人,如效宝宁勇禅师《渔家傲》几阕,岂其与《桃叶》《团扇》斗妖艳耶?(明毛晋《宋六十家词·山谷词跋》)

会得此意,直是临去秋波那一转,应许老僧共参也。(清冯金伯《词苑萃编》)

青玉案·横塘路

贺 铸

凌波①不过横塘②路。但目送、芳尘去。锦瑟华年谁与度。月桥花院,琐窗③朱户。只有春知处。

飞云冉冉④蘅皋⑤暮。彩笔⑥新题断肠句。若问闲情都几许。一川烟草,满城风絮。梅子黄时雨。

* 选自唐圭璋编《全宋词》,北京:中华书局,1965年,第513页。

江南词

① 凌波：典出曹植《洛神赋》"凌波微步，罗袜生尘"，形容美人步履轻盈。贺铸所见心仪女子，正如曹植见到的洛神一般惊艳。后"芳尘"出自同典。
② 横塘：贺铸隐居小筑所在地，位于苏州盘门向南十余里。
③ 琐窗：雕有连环形花纹的窗。
④ 冉冉：缓缓流动的样子。
⑤ 蘅皋：生长着杜蘅的水边高地。
⑥ 彩笔：典出《南史·江淹传》"淹少以文章显，晚节才思微退……又尝宿于冶亭，梦一丈夫自称郭璞，谓淹曰：'吾有笔在卿处多年，可以见还。'淹乃探怀中得五色笔一以授之。尔后为诗，绝无美句，时人谓之才尽。"

作者简介

贺铸(1052—1125)，字方回，号庆湖遗老，卫州共城(今河南省辉县)人，北宋著名词人。其代表作有《青玉案·横塘路》等，因"一川烟草，满城风絮，梅子黄时雨"句，被称为"贺梅子"，亦有《东山词》(又称《东山寓声乐府》)传世。

题 解

《青玉案·横塘路》为贺铸晚年退隐苏州时，偶遇一妙龄女子，一见倾心所作。贺铸以曹子建乍见洛神为比，来表达自己对女子的倾慕之情。这段美好邂逅只是惊鸿一瞥，但是贺铸却进而想象，女子最美好的青春年华与谁共度，并把自己对女子的痴恋比作"一川烟草，满城风絮，梅子黄时雨"，从不同角度写出这段相思之愁的广度、密度、长度，化抽象为具象，实属千古名句。贺铸也因此句得名"贺梅子"。

集 评

解道江南断肠句，只今惟有贺方回。(宋黄庭坚《豫章黄先生文集》)

一、山川风物

语意精新,用心甚苦。(宋王灼《碧鸡漫志》)

贺方回尝作《青玉案》词,有"梅子黄时雨"之句,人皆服其工,士大夫谓之"贺梅子"。(宋周紫芝《竹坡诗话》)

世推方回所作"梅子黄时雨"为绝唱,盖用寇承公语也。寇诗云:"杜鹃啼处血成花,梅子黄时雨如雾。"(宋潘淳《潘子真诗话》)

贺方回云:"试问闲愁知几许?一川烟草,满城风絮,梅子黄时雨。"盖以三者比之愁多也,尤为新奇,兼兴中有比,意味更长。(宋罗大经《鹤林玉露》)

叠写三句闲愁,真绝唱!(明沈际飞《草堂诗余正集》)

贺方回《青玉案》:"试问闲愁知几许,一川烟草,满城风絮,梅子黄时雨。"不特善于喻愁,正以琐碎为妙。(清沈谦《填词杂说》)

工妙之至,无迹可寻,语句思路,亦在目前,而千人万人不能凑泊。(清先著、程洪《词洁》)

词有袭前人语而得名者,虽大家不免。如方回"梅子黄时雨"、耆卿"杨柳岸晓风残月"、少游"寒鸦数点,流水绕孤村"、幼安"是他春带愁来,春归何处,却不解带将愁去"等句,惟善于调度,正不以有蓝本为嫌。(清吴衡照《莲子居词话》)

按方回有小筑在姑苏盘门内,地名横塘。时往来其间,有此作。方回以孝惠皇后族孙,元祐中,通判泗州,又倅太平州,退居吴下。是此词作于退休之后也。自有一番不得意,难以显言处。言斯所居横塘,断无宓妃到。然波光清幽,亦常目送芳尘,第孤寂自守,无与为欢,惟有春风相慰藉而已。次阕言幽居肠断,不尽穷愁。惟见烟草风絮、梅雨如雾,共此旦晚耳。无非写其景之郁勃岑寂也。(清黄苏《蓼园词选》)

贺方回《青玉案》词,收四句云:"试问闲愁都几许?一川烟草,满城风絮,梅子黄时雨。"其末句好处,全在"试问"句呼起,及与上"一川"二句并

江南词

用耳。(清刘熙载《艺概》)

> **江南相关知识**

1. 苏州横塘

　　横塘曾是古代苏州水运要冲,连接京杭大运河与胥江,向西可以通往胥口,向南可以通越溪、连太湖,作为西行北进的渡口,在古代发挥着连接水陆交通的重要作用。同时,横塘也是古时人们前去游玩石湖、太湖、灵岩等苏州西部美景的必经之地。可以说,是水路造就了横塘。横塘也有非常深厚的文化底蕴,除了贺铸的《青玉案》,住在离横塘不远的石湖的南宋诗人范成大,也为横塘写过一首"年年送客横塘路,细雨垂杨系画船"(《横塘》),笔下的横塘美景令人神往。横塘还葬着著名的画家唐寅,来来往往有不少人到这里拜祭这位一生为才所困的吴中才子。

2. "梅子黄时雨"

　　几乎每年的六七月,江南地区都会经历阴雨绵绵的天气,持续时间通常能达到一个月。因为这个时候恰好处在江南梅子成熟的季节,所以人们称这种天气为"黄梅天"。梅雨天气的出现是因为初夏时节冷暖空气势均力敌,长期在江南地区对峙,展开拉锯战。冷空气经常在低空一股一股地进进退退,冷暖空气频频交锋,雨水自然也就淅淅沥沥、没完没了。只有等到七月天气更热,冷空气势弱退缩,暖湿空气势力增强,乘虚北上,把雨带向北推进,梅雨天气才能结束。此后,高温少雨的盛夏拉开序幕。

满庭芳

周邦彦

风老莺雏,雨肥梅子,午阴嘉树清圆②。地卑山近③,衣润费炉烟。人静乌鸢自乐,小桥外、新绿④溅溅。凭栏久,黄芦苦竹⑤,拟泛九江船。

年年。如社燕⑥,飘流瀚海,来寄修椽⑦。且莫思身外,长近尊前。憔悴江南倦客,不堪听、急管繁弦。歌筵畔,先安簟枕⑧,容我醉时眠。

* 选自唐圭璋编《全宋词》,北京:中华书局,1965 年,第 601 页。
① 溧水无想山:今南京市东南溧水县向南十八里之无想山。
② 清圆:此处指绿树亭亭如盖。
③ "地卑"句:溧水地势低、湿度高,衣服终日潮润,熏衣颇费炉香。
④ 新绿:春后新涨的绿水。
⑤ "黄芦"句:化用白居易《琵琶行》"住近湓江地低湿,黄芦苦竹绕宅生"之典。
⑥ 社燕:立春后第五戊日为春社,立秋后第五戊日为秋社。燕以春社前后来,秋社前后去,故称"社燕"。
⑦ 修椽:屋顶用来承瓦之长木。
⑧ 簟枕:枕席。簟,竹席。

作者简介

周邦彦(1056—1121),字美成,号清真居士,钱塘(今浙江省杭州市)人,北宋著名词人。周美成精通音律,词风典丽精工,格律严谨,代表作有《兰陵王·柳》《西河·大石金陵》等,有《清真集》(又称《片玉集》)传世。

题 解

这首词是哲宗元祐八年(1093)、周邦彦三十八岁时,在溧水令任上所作。上阕写时节、环境和自己的境况:客居溧水,生活并不习惯,使他生出沦落之感。下阕写自己的心境,以社燕自比,把漂泊无依、孤寂凄凉的羁旅之感发挥到了极致。最后以酒浇愁,无限悲凉。

江南词

> 集　评

　　词中多有句中韵,人多不晓。不惟读之可听,而歌时最要叶韵应拍,不可以为闲字而不押。……又如《满庭芳》过处"年年,如社燕","年"字是韵,不可不察也。(宋沈义父《乐府指迷》)

　　"老"字、"肥"字、"费"字,字法俱灵。(明卓人月、徐士俊辑《古今词统》)

　　"衣润费炉烟",景语也。景在"费"字。(明沈际飞《草堂诗余正集》)

　　"风老"二句,炼。"衣润"句,有景,景在"费"字。美成有《塞翁吟》一首,去此远矣。(明潘游龙《古今诗余醉》)

　　"黄芦苦竹",此非词家所常设字面,至张玉田《意难忘》词,犹特见之,可见当时推许大家者,自有在,决非后人以土泥、脂粉为词耳。(清先著、程洪《词洁》)

　　通首疏快,实开南宋诸公之先声。(清许昂霄《词综偶评》)

　　前三句见春光已去。"地卑"至"九江船",言其地之僻也。"年年"三句,见宦情如逆旅。"且莫思"句至末,写其心之难遣也。末句妙于语言。(清黄苏《蓼园词选》)

　　体物入微,夹入上下文中,似褒似贬,神味最远。(清周济《宋四家词选》)

　　美成词有前后若不相蒙者,正是顿挫之妙。如《满庭芳》上半阕云:"人静乌鸢自乐……"正拟纵乐矣,下忽接云:"年年……醉时眠。"是乌鸢虽乐,社燕自苦。九江之船,卒未尝泛。此中有多少说不出处,或是依人之苦,或有患失之心。但说得虽哀怨,却不激烈。沉郁顿挫中,别饶蕴藉。后人为词,好作尽头语,令人一览无余,有何趣味。(清陈廷焯《白雨斋词话》)

起笔绝秀,以意胜,不以词胜,笔墨真高。亦凄恻,亦疏狂。(清陈廷焯《云韶集》)

("地卑"二句)《离骚》廿五,去人不远。("且莫"二句)杜诗韩笔。(清周济《词辨》)

家大人云:最颓唐,语最含蓄。(梁令娴《艺蘅馆词选》)

方喜"嘉树",旋苦"地卑";正羡"乌鸢",又怀芦竹。人生苦乐万变,年年为客,何时了乎。"且莫思身外",则一齐放下,"急管繁弦",徒增烦恼,固不如醉眠之自在耳。词境静穆,想见襟度,柳七所不能为也。(惠淇源《婉约词》引《海绡说词》)

层层脱卸,笔笔钩勒,面面圆成。(陈洵《抄本海绡说词》)

通首气脉之贯注,顿挫之蓄势,自是大家。下阕"身外""尊前"数语,不着闲愁,自成馨逸,尤为超妙。(俞陛云《唐五代两宋词选释》)

霜天晓角·蛾眉亭

韩元吉

倚天绝壁。直下江千尺。天际两蛾凝黛①,愁与恨、几时极。

怒潮风正急,酒醒闻塞笛②。试问谪仙③何处,青山④外、远烟碧。

---

* 选自唐圭璋编《全宋词》,北京:中华书局,1965年,第1391页。

① 两蛾凝黛:把长江两岸东西对峙的梁山比作美人紧蹙的黛眉。黛,青黑色的画眉颜料。

② 塞笛:边塞军中的笛声。

③ 谪仙:指李白,唐人称呼李白为"谪仙"。

④ 青山:在当涂县东南,李白葬于此山,山上有李白墓。

江南词

作者简介

韩元吉(1118—1187),字无咎,号南涧,开封雍邱(今河南开封市)人,南渡后寓居信州(今属江西省上饶市)。官至吏部尚书,力主抗金。韩元吉当时颇有声望,曾与陆游、辛弃疾等志士以词唱和。著有《南涧甲乙稿》(原本已佚)、词集《焦尾集》。

题 解

《霜天晓角》,又名《月当窗》《踏月》等。此调首见《全芳备祖集》。蛾眉亭,建在采石矶绝壁上,在安徽省当涂县西北牛渚山下突出于江中处。据陆游《京口唱和序》云:"隆兴二年(1164)闰十一月壬申,许昌韩无咎以新番阳守来省太夫人于润(润州,即今镇江)。方是时,予为通判郡事,与无咎别盖逾年矣。相与道旧故,问朋游,览观江山,举酒相属,甚乐。"此词可能是韩元吉在赴镇江途中经采石矶时作。是年,宋金达成和平协议。正是在这样的背景下,主张抗金的韩元吉心中有无限愁怨,恨中原故土不能收回。上阕从巍峨矗立的采石矶写起,又望见东西梁山如美人蛾眉紧蹙,似有无限幽怨,这正是作者内心的真实写照。下阕写作者酒醒后闻羌笛声声,不由想起了谪仙李白。李白壮志未酬,病死于当涂之事,正如自己无法实现抗金理想一样。但作者此处并未直露情感,而是融情思于缥缈之景中,愈觉深远。

集 评

韩南涧《题采石蛾眉亭》词云……此《霜天晓角》调也,未有能继之者。(元吴师道《吴礼部诗话》)

一、山川风物

暗 香
姜 夔

辛亥①之冬,余载雪诣石湖②。止既月③,授简索句④,且征新声⑤。作此两曲,石湖把玩不已,使工妓隶习⑥之,音节谐婉,乃名之曰暗香、疏影。

旧时月色。算几番照我,梅边吹笛。唤起玉人,不管清寒与攀摘。何逊而今渐老,都忘却、春风词笔⑦。但怪得、竹外疏花,香冷入瑶席。

江国⑧。正寂寂。叹寄与路遥⑨,夜雪初积。翠尊易泣,红萼无言耿⑩相忆。长记曾携手处,千树压、西湖寒碧。又片片、吹尽也,几时见得。

---

* 选自唐圭璋编《全宋词》,北京:中华书局,1965年,第2181页。

① 辛亥:宋光宗绍熙二年(1191)。
② 石湖:指姜夔友人范成大。范成大,南宋诗人,晚年居住在苏州西南的石湖,自号石湖居士。
③ 止既月:停留过了一个月。
④ 授简索句:授予纸笺,要姜夔作词。
⑤ 征新声:请创新调。
⑥ 隶习:研习,此指练唱。
⑦ "何逊"句:何逊,南朝梁诗人,酷爱梅花。此句以何逊自比,说自己逐渐衰老,游赏的兴趣减退,对于向来喜爱的梅花都忘记为它歌咏了。春风,何逊曾吟《咏春风》诗。
⑧ 江国:江南。
⑨ 寄与路遥:化用陆凯折梅寄友人范晔之典。陆凯《赠范晔》:"折梅逢驿使,寄与陇头人。"
⑩ 耿:总想着。

江南词

作者简介

姜夔(约1155—1209),字尧章,号白石道人,鄱阳(今江西省鄱阳县)人,南宋著名词人。姜夔精通音律,词集中多自度曲,词风清空骚雅,代表作有《暗香》《疏影》《扬州慢》等,有《白石道人歌曲》(又称《白石词》)传世。

题 解

姜夔爱梅甚深,所作咏梅词共十七首,其中尤以《暗香》《疏影》为妙。《暗香》《疏影》两首词,据其自作小序可知,为绍熙二年访退隐石湖的友人范成大时受范成大邀请而作,均为自度曲,词牌名出自林逋《山园小梅》"疏影横斜水清浅,暗香浮动月黄昏"句。这首《暗香》写雪中梅景,兼有感慨今昔、追怀旧游之意。

集 评

白石《疏影》《暗香》等曲,不惟清空,又且骚雅,读之使人神观飞越。(宋张炎《词源》)

词之赋梅,惟姜白石《暗香》《疏影》二曲,前无古人,后无来者,自立新意,真为绝唱。(宋张炎《词源》)

惟《暗香》《疏影》二词,寄意题外,包蕴无穷,可以与稼轩伯仲。(清周济《介存斋论词杂著》)

盛时如此,衰时如此。想其盛时,感其衰时。(清周济《宋四家词选》)

二词(《疏影》《暗香》)绛云在霄,舒卷自如。又如琪树玲珑,金芝布护。(清许昂霄《词综偶评》)

姜石帚之"长记曾携手处,千树压、西湖寒碧。"一状梅之少,一状梅之多,神情超越,不可思议,写生独步也。(清邓廷桢《双砚斋随笔》)

如此起法,即不是咏梅矣。此二词最有名,然语高品下,以其贪用典

一、山川风物

故也。(清王闿运《湘绮楼词选》)

石湖咏梅,是尧章独到处。"翠尊"二句,深美有骚、辨意。(清谭献《复堂词话》)

案此二曲为千古词人咏梅绝调。以托喻遥深,自成馨逸;其暗香一解,凡三字句逗皆为夹协。梦窗墨守綦严,但近世知者盖寡,用特著之。(惠淇源《婉约词》引《郑校白石道人歌曲》)

·江南文化知识·

1. 石湖

石湖属于太湖支流,位于江苏省苏州市古城西南处,太湖以东。春秋时期,石湖曾是吴国贵族游猎之地、祀祝场所,也是吴越争霸的古战场,后因越人进兵吴国,凿山脚之石以通苏州而得名。相传吴越争霸之时,越国名臣范蠡在灭吴后,带着西施经此地归隐太湖。南宋年间,诗人范成大隐居于此,自号石湖居士。其在石湖隐居期间,著有一组大型田园诗《四时田园杂兴》。现在石湖的主要景点有渔庄、天镜阁、行春桥、石湖串月等。

2. 梅妻鹤子

林逋,字君复,后人称和靖先生,北宋著名隐逸诗人。隐居杭州西湖,结庐孤山。终生不仕不娶,唯喜植梅养鹤,自谓"以梅为妻,以鹤为子",人称"梅妻鹤子"。有诗《山园小梅》,其中"疏影横斜水清浅,暗香浮动月黄昏"句被誉为"千古咏梅绝唱"。

疏 影

姜 夔

苔枝缀玉①。有翠禽小小,枝上同宿②。客里相逢,篱角黄昏,无言自倚修竹③。昭君不惯胡沙远,但暗忆、江南江北。想佩环、月夜归来,化作此花幽独④。

　　犹记深宫旧事,那人正睡里,飞近蛾绿⑤。莫似春风,不管盈盈,早与安排金屋⑥。还教一片随波去,又却怨、玉龙哀曲⑦。等恁时、重觅幽香,已入小窗横幅⑧。

　　* 选自唐圭璋编《全宋词》,北京:中华书局,1965年,第2182页。
　①苔枝缀玉:长满苔藓的枝条间,点缀着洁白如玉的花朵。
　②"有翠禽"句:用罗浮之梦典。见曾慥《类说》所引《异人录》:隋代赵师雄游罗浮山,夜梦与一素妆女子共饭,女子芳香袭人。又有一绿衣童子,笑歌欢舞。赵醒来,发现自己躺在一株大梅树下,树上有翠鸟欢鸣,"月落参横,但惆怅而已"。
　③自倚修竹:化用杜甫《佳人》"日暮倚修竹"句,将梅拟作孤傲高洁、幽居空谷的佳人。
　④"昭君"句:化用杜甫"环佩空归月夜魂"句,汉成帝时,王昭君出塞和亲,思念故国,魂魄化为幽独的梅花回到故国。
　⑤"犹记"句:用寿阳公主典。《太平御览》引《杂五行书》:"宋武帝女寿阳公主,人日卧于含章殿檐下,梅花落公主额上,成五出花,拂之不去。皇后留之,看得几时。经三日,洗之乃落。宫女奇其异,竞效之,今'梅花妆'是也。"蛾绿,女子的眉毛。
　⑥安排金屋:用金屋藏娇典。《汉武故事》载,汉武帝刘彻幼时曾对姑母说:"若得阿娇作妇,当作金屋贮之。"此处作者希望梅花能得到庇护。
　⑦玉龙哀曲:指笛曲《梅花落》。玉龙,笛名。
　⑧横幅:画。此处指梅花凋零后,只能在画中见到。

题 解

　　《疏影》是《暗香》的姐妹篇,其本事相同。这首词用梅神、杜甫诗中的佳人、王昭君、寿阳公主、陈阿娇这五位美人之典,赋予梅花人格化的艺术形象,写出了梅花冷艳清高之风姿品格,同时也写出了词人爱花、护花、惜花之情。

一、山川风物

> 集 评

　　白石《疏影》云："犹记深宫旧事，那人正睡里，飞近蛾绿。"用寿阳事；又云："昭君不惯胡沙远，但暗忆江南江北。想佩环月夜归来，化作此花幽独。"用少陵诗。此皆用事而不为事所使。(宋张炎《词源》)

　　此章更以二帝之愤发之，故有昭君之句。(清张惠言《词选》)

　　此盖伤心二帝蒙尘，诸后妃相从北辕沦落胡地，故以昭君托验，发言哀断。考唐王建《塞上咏梅》诗曰："天山路旁在株梅，年年花发黄云下。昭君已没汉使回，前后征人谁系马？"白石词意当本此。近世读者多以意疏解，或有嫌其举典拟不于伦者，殆不自知其浅暗矣。词中数语，纯从少陵咏明妃诗义檃括，出以清健之笔，如闻空中笙鹤，飘飘欲仙，觉草窗、碧山所作吊雪香亭梅诸词，皆人间语，视此如隔一尘，宜当时传播吟口，为千古绝唱也。至下阕借宋书寿阳公主故事，引申前意，寄情遥远，所谓怨深文绮，弥得风人温厚之旨已。(清郑文焯《郑校白石道人歌曲》)

　　此词以"相逢""化作""莫似"六字作骨。不能换留，听其自为盛衰。(清周济《宋四家词选》)

　　别有炉鞴熔铸之妙，不仅以檃括旧人诗句为能。("昭君"四句)能转法华，不为法华所转。宋人咏梅，例以弄玉、太真为比，不若以明妃拟之，尤有情致也。胡澹庵诗，亦有"春风自识明妃面"之句。(清许昂霄《词综偶评》)

　　咏物至词，更难于诗，即"昭君不惯风沙远，但暗忆江南江北"，亦费解。(清刘体仁《七颂堂词绎》)

　　何逊、昭君皆属隶事，但运气空灵，变化虚实，不同獭祭钝机耳。(清周尔墉《绝妙好词》)

　　清虚婉约，用典亦复不涉呆相。风雅如此，老倩小红低唱，吹箫和之，洵无愧色。(清李佳《左庵词话》)

　　《唐摭言》卷十载崔橹梅花诗："初开已入雕梁画，未落先愁玉笛吹。"姜词数句，似衍此二语。(夏承焘《姜白石词编年笺校》)

江南词

望江南

王世贞

歌起处,斜日半江红。柔绿①篙添梅子雨②,淡黄衫耐藕丝风③。家在五湖④东。

* 选自饶宗颐初纂、张璋总纂《全明词》,北京:中华书局,2004年,第1084页。
① 柔绿:嫩绿色。
② 梅子雨:即江南梅子黄熟之时下的雨,又称"梅雨"。
③ 藕丝风:如藕丝般细的风。
④ 五湖:指太湖。

作者简介

王世贞(1526—1590),字元美,号凤洲,又号弇州山人,直隶太仓州(今江苏省太仓市)人,明朝文学家、官员,官至南京刑部尚书。王世贞为"后七子"之一,早年与李攀龙同为"后七子"领袖,李攀龙死后,他独主诗坛二十年。其作品多有仿古色彩,晚年观念转变,以"恬淡自然"为宗,有《弇州山人四部稿》《弇山堂别集》《艺苑卮言》《鸣凤记》《史乘考误》等著作传世。

题 解

全词设色明丽秀美,用红、绿、黄三种鲜明的色彩互相渲染,勾勒出如画一般的江南春景。梅子雨、藕丝风等,不言而喻都是江南特色的意象。江南是词人家乡,此首小令即咏家乡风物。无论是淡黄衣衫的采莲女、半红的江水,还是柔绿的竹篙、梅子黄熟季节的风雨,都是可爱之景、可爱之人、可爱之物,清丽灵动的用语中不禁流露出词人对家乡的留恋热爱。

集 评

犹有唐二主风韵。(清胡薇元《岁寒居词话》)

摊破浣溪沙

陈继儒

梓树①花香月半明。棹歌②归去蟋蟀鸣。曲曲柳湾茅屋矮,雀鱼罾③。

笑指吾庐何处是,一池荷叶小桥横。灯火纸窗修竹里,读书声。

* 选自饶宗颐初纂、张璋总纂《全明词》,北京:中华书局,2004年,第1316页。
① 梓树:落叶乔木,夏季最为茂盛。
② 棹歌:行船时所唱之歌。
③ 鱼罾:一种用竹竿作为支架的渔网,呈方形,江南渔民经常使用这种网捕鱼。

作者简介

陈继儒(1558—1639),字仲醇,号眉公、麋公,松江华亭(今上海市松江区)人,明朝文学家。诸生出身,二十九岁开始隐居,工于诗文,亦善书画。书法学习苏轼和米芾,画则擅长梅花与山水。陈继儒多次受到皇帝征用,都辞而不受,有著作《陈眉公全集》《小窗幽记》《吴葛将军墓碑》《妮古录》等存世。

题 解

此词写初夏夜归,温馨平和的江南水乡之景继而呈现。上阕写初夏情景,划着船唱着棹歌,一路上有梓树散发的香气,路边草丛中有夏虫的鸣声,归处有挂着渔网的矮屋,夜归的闲适情趣便由眼前景致所生。下阕

江南词

过片"笑指吾庐何处是",系词人自问自答,灯光修竹、书声琅琅,是平静恬淡隐居生活中最大的喜乐。词人的隐居生活,皆自小事中获得乐趣,这亦是一种十分高明的审美情趣。

集 评

阮亭云:"幼侍先大父方伯公从便面见眉翁此词,真迹闲卷,如逢故人。"(清邹祇谟、王士禛《倚声初集》)

洞仙歌·吴江①晓发

朱彝尊

澄湖淡月,响渔榔②无数。一霎通波拨柔橹③。过垂虹亭④畔,语鸭桥⑤边,篱根绽、点点牵牛花吐。

红楼⑥思此际,谢女檀郎⑦,几处残灯在窗户。随分且欹眠⑧,枕上吴歌⑨,声未了、梦轻重作⑩。也尽胜、鞭丝乱山中,听风铎郎当,马头冲雾⑪。

* 选自屈兴国、袁李来点校《朱彝尊词集》,杭州:浙江古籍出版社,2011年,第38页。

① 吴江:即今吴淞江。

② 榔:同"桹",指渔人系于船舷上敲击以驱鱼入网的长木棒。潘岳《西征赋》:"鸣榔厉响。"唐李善注云:"以长木叩舷为声……所以惊鱼入网也。"

③ 通波:指流水,一说与水相通。拨柔橹,谓轻摇船桨。这句是说,出发时轻轻地操弄船桨,一刹那间水面波动了起来。

④ 垂虹亭:亭名。在今江苏省吴江市的垂虹桥(又名长桥)上,宋仁宗庆历年间,由县令李问建,历来诗人歌咏不绝。

⑤ 语鸭桥:吴江之桥名。

⑥ 红楼:泛指华丽的楼房。

片玉集卷之四

錢塘周邦彥美成　廬陵陳元龍少章集注

夏景

滿庭芳

柳子厚贈江華長老詩云滿庭芳草積

風老鶯雛雨肥梅子

杜甫詩紅午陰嘉樹清圓劉夢得詩日午杜甫詩卑徑地

樹陰正有嘉樹昭公又馬

年季氏有傳昭又馬

又過微潤

過爐襲煙初

詩衫爐煙初

詞人靜烏鳶自樂小橋外新綠濺濺

琵琶行山住近春水漲城地低好行都將百年興一宅生九江城詩天

聞道巴山裏溢船正九杜

年年如社燕飄流瀚海來寄修椽

崔浩注日翬鳥之瀚

花信芳餕寄與何處綉閣珠櫳柳陰中

夜遊宮 記夢

雪曉清笳亂起夢遊處不知何地鐵騎無聲望似水想關河鴈門西青海際睡覺寒燈裏漏聲斷月斜窗紙自許封侯在萬里有誰知鬢雖殘心未死

又 宴席

宴罷珠簾半捲畫簷外蠟香人散翠霧霏霏漏聲斷倚香肩看中庭花影亂宛是高唐館寶奩烖麝煙初煖髣髴月何妨夜夜擁芳柔恨今年寒尚淺

⑦ 谢女檀郎:泛指美貌的男女。谢女,前人以为指晋代才女谢道韫,此处泛指女郎。檀郎,晋潘安小字檀奴,后人故以檀郎称美男子。

⑧ 随分:随便。欹眠,侧卧。欹,斜。

⑨ 吴歌:吴地民歌。这里侧重指船歌、渔歌。

⑩ 梦轻,指睡轻,难以沉睡。这句是说,自己颇能随遇而安,侧卧船中,伴着渔歌入眠;时而惊醒,歌声还未停息,又重入梦境。

⑪ "也尽胜"句:乘船浪游吴江,总比挥鞭荒山、听驿马铃铛乱响、冲雾而行要惬意得多。鞭丝,马鞭。风铎,即占风铎,测候风向的大铃,一般以铜、铁制成,置于屋檐下,此处指驿马所系之铃。郎当,象声词,喻铃声。

作者简介

朱彝尊(1629—1709),字锡鬯,号竹垞,晚号小长芦钓鱼师,又号金风亭长,秀水(今浙江省嘉兴市)人,清代诗人、词人、学者、藏书家,博通经史。其工诗,与王士禛为南北两大宗;词作风格清丽,开"浙西词派",与陈维崧并称"朱陈"。著有《经义考》《日下旧闻》《明诗综》《词综》《曝书亭集》等,时人推为宗师。其《曝书亭集》二十四卷至三十卷为词,分《江湖载酒集》《静志居琴趣》《茶烟阁体物集》《蕃锦集》四种。

题 解

此词原见于《江湖载酒集》,乃词人壮年游吴时所作。内容正如词题所云,描述他清晨乘船从太湖向吴县行进途中所见所感。上阕写晨光熹微中的舟行情景,一派江南风光,婉然如画。下阕由自然之景转入人境之乐,抒发观览之思,层层推进。词人并未抱怨旅途之辛劳,反而以舟行胜于山行自遣,流露出了喜爱吴江、赞美吴江的衷情。

江南词

· 江南相关知识 ·

1. 垂虹亭

垂虹亭位于吴江垂虹桥上。垂虹桥又名长桥,因其上建有垂虹亭,故名垂虹桥,是吴江之上一座著名的桥梁,始建于宋代。因其地理位置的优越——地处吴江和江南运河的交汇点,濒临太湖,是宋代文人南来北往水路交通的必经之所,加之其宏丽的构造,所以一直吸引着诗人词客登临题咏。宋神宗熙宁七年(1074),苏轼与张先等人曾在此聚会,是词坛上的一段佳话。此外,叶梦得、朱敦儒、辛弃疾、刘过、刘辰翁、张孝祥、张元幹、姜夔、吴文英、王沂孙、周密、张炎等著名词人也皆有题咏。

2. 语鸭桥

宋龚明《中吴纪闻》:"陆鲁望有斗鸭一栏,颇极驯养,一旦,驿使过焉,挟弹毙其尤者。鲁望曰:'此鸭善人言,见欲附苏州上进,使者奈何毙之?'使者尽以囊中金以窒其口。使徐问其语之状,鲁望曰:'能自呼其名耳。'使者愤且笑,拂袖上马。复召之,还其金,曰:'吾戏耳!'"语鸭桥疑即临顿桥,在长洲县(今苏州市)治东北,陆龟蒙(即陆鲁望)尝居其旁。

浣溪沙

王士禛

一

红桥①,同箨庵、茶村、伯玑、其年、和岩赋。

北郭青溪一带②流。红桥风物眼中秋③。绿杨城郭是扬州。

西望雷塘④何处是,香魂⑤零落使人愁。淡烟芳草旧迷楼⑥。

一、山川风物

* 选自南京大学中国语言文学系《全清词》编纂研究室编《全清词·顺康卷》,北京:中华书局,2002年,第6549—6550页。
① 红桥:一名"虹桥",在今扬州市北门外,为扬州丽景。
② 一带:形容水像丝带一般。
③ 秋:即"一双瞳人剪秋水"(李贺《唐人歌》)、"佳人未肯回秋波"(苏轼《百步洪二首》)之秋水、秋波。这句是说,红桥风物似美人的眼波欲流,顾盼生姿,极言其美。
④ 雷塘:一名雷陂,在今扬州市北十里。唐武德五年(622)改葬隋炀帝于此,宋以后渐湮废。
⑤ 香魂:美女之魂。隋炀帝选美女于行宫之中以备临幸。
⑥ 迷楼:隋炀帝在扬州所筑宫室,曲折幽邃,人入之迷,不能出。炀帝云:"使真仙游其中,亦当自迷也,可目之曰迷楼。"(《迷楼记》)

二

白鸟朱荷引画桡①。垂杨影里见红桥。欲寻往事已魂销。

遥指平山②山外路,断鸿③无数水迢迢。新愁分付广陵潮④。

① 桡:船桨,这里代指船。
② 平山:指平山堂。北宋庆历八年(1048),由郡守欧阳修建,是扬州名胜。
③ 断鸿:失群的孤雁。
④ 分付:交给。广陵,即扬州。古扬州有曲江通长江,潮水可至。

三

绿树横塘①第几家。曲阑干外卓金车②。渠侬③独浣越溪纱。

浦口④雨来虹断续。桥边人醉月横斜。棹歌声里采菱花。

① 横塘:此处泛指水塘。唐温庭筠《池塘七夕》诗云:"万家砧杵三篙水,一夕横塘似旧游。"
② 卓金车:卓,停留。金车,又作金轮,饰金的车,贵者所乘。温庭筠《思帝乡》词:"花花,满枝红似霞,罗袖画帘肠断,卓香车。"

江南词

③ 渠侬:他。翟灏《通俗编·称谓》:"吴俗自称我侬,指他人亦曰渠侬。"
④ 浦口:此处指小河入江的地方。

作者简介

王士禛(1634—1711),字子真,一字贻上,号阮亭,又号渔洋山人,世称"王渔洋"。生长于山东新城(今桓台)世家,顺治十五年(1658)进士,《清史稿》卷二六六有传。王士禛是清初诗坛领袖,其诗标举"神韵",能尽古今之奇变,为一代风气所归,著有《带经堂集》《池北偶谈》《香祖笔记》等;以余力填词,善写小令,其词有孙默刻本,名《衍波词》,赵谦之刻本名《阮亭诗余》。

题 解

康熙元年(1662),王士禛与箬庵(袁于令)、茶村(杜濬)、伯玑(陈允衡)、其年(陈维崧)、秋崖(朱克生)诸氏,同游红桥,赋《浣溪沙》二首,时在扬州州府推官任上,年二十九岁。其后,箬庵继成一章,王亦属和,即成其三。王士禛《红桥游记》叙之颇详。三词描绘了红桥一带的旖旎风光,更寄兴无端,写景之外兼有怀古幽情,饶富蕴藉之致。谭献称第一首"名贵",第二首"风人之旨",其中"绿杨城郭是扬州"一句尤为人所称道。该篇在当时流传较广,红桥也因此远近闻名。

集 评

程村云:昔应子和以"蜡炬短烧红""风雨落花红""两岸夕阳红",名三红。今阮亭有"春水平帆绿""梦里江南绿""新妇矶头烟水绿"。不将更称三绿耶?人遂有王三绿之目。然不及公《浣溪沙》"绿杨城郭是扬州"一语

用"绿"字尤妙,可敌一篇《江都赋》也。"(清李调元《雨村词话》)

字字骚雅,渔洋小令之工,直逼五代北宋。"绿杨"七字,江淮间取作画图。(清陈廷焯《词则》)

渔洋冶春红桥,风流文采,照映湖山。《倚声初集》(渔洋、程村同辑)录红桥怀古《浣溪沙》十阕,末注云:"红桥词即席庚唱,兴到成篇,各采其一,以志一时胜事。当使红桥与兰亭并传耳。"当时同游十人,渔洋游记未详。(清况周颐《蕙风词话》)

朱孝臧题云:"消魂极,绝代阮亭诗。见说绿杨城郭畔,游人争唱冶春词,把笔尽凄迷。"(龙榆生《近三百年名家词选》引《疆村语业》)

·江南相关知识·

1. 红桥

一名虹桥。在今江苏扬州市北门外。《扬州画舫录》卷十引吴绮《扬州鼓吹词序》云:红桥"在城西北二里,崇祯间形家设以锁水口者。朱阑数丈,远通两岸,彩虹卧波,丹蛟截水,不足以喻。而荷香柳色,曲槛雕楹,鳞次环绕,绵亘十余里。春夏之交,繁弦急管,金勒画船,掩映出没于其间,诚一郡之丽观也。"

2. 平山堂

在今江苏省扬州市西北蜀冈上大明寺西侧。北宋庆历八年(1048)郡守欧阳修建。《舆地纪胜》卷七:平山堂"在州西北五里大明寺侧。庆历八年二月,欧公来牧是邦,为堂于大明寺庭之坤隅。江南诸山,拱列檐下,若可攀取,因名之曰平山堂"。《宋史·李全传》:南宋绍定三年(1230),李全"至湾头立砦,据运河之冲,使胡义将先锋骑驻平山堂,何三城机便。"今堂为清同治间重建。(见史为乐编《中国历史地名大辞典》,中国社会科学出版社,2005年,第650页)

江南词

百字令

厉 鹗

月夜过七里滩①,光景奇绝,歌此调,几令众山皆响。

秋光今夜,向桐江②、为写当年高躅③。风露皆非人世有,自坐船头吹竹④。万籁⑤生山,一星在水,鹤梦⑥疑重续。桡音⑦遥去,西岩渔父初宿⑧。

心忆汐社⑨沉埋,清狂不见,使我形容独。寂寂冷萤三四点,穿破前湾茅屋。林净藏烟,峰危限月,帆影摇空绿⑩。随流飘荡,白云还卧深谷。

* 选自张宏生编《全清词·雍乾卷》,南京:南京大学出版社,2012年,第242页。

① 七里滩:又名七里濑、七里泷、富春渚,在浙江省桐庐县严陵山西。
② 桐江:钱塘江中游自建德至桐庐段的别称,在浙江省中部。
③ 当年高躅:指汉代严光。严光少与刘秀同学,后刘即帝位,遣使聘之,三反而后至,拜谏议大夫,不受,隐居于富春山。躅,足迹。
④ 吹竹:指吹箫、笛之类的管乐器。
⑤ 万籁:各种声响。籁,从孔穴中发出的声音。
⑥ 鹤梦:指超凡脱俗的向往。陆游《秋夜》:"露浓惊鹤梦,月冷伴蛩愁。"
⑦ 桡音:船桨拨水声。桡,同"桡",船桨。
⑧ "西岩"句:化用柳宗元《渔翁》"渔翁夜伴西岩宿"句,表达了寄情山水之意。
⑨ 汐社:南宋遗民谢翱所创诗社。
⑩ 空绿:空明澄澈。南朝梁武帝《西洲曲》:"卷帘天自高,海水摇空绿。"

> **作者简介**

厉鹗(1692—1752),字太鸿,号樊榭,钱塘(今浙江省杭州市)人,康熙五十九年(1720)举人。乾隆初举鸿博,报罢。客扬州,于藏书甚富的马氏小玲珑山馆授徒为业,饱读诗书。学问渊博,主盟坛坫凡数十年。诗词兼工,继朱彝尊后为"浙西词派"领袖。著有《宋诗纪事》《秋林琴雅》《樊榭山房集》等,与查为仁共笺《绝妙好词》。

题解

七里滩在浙江桐庐境内,两岸风景秀丽,天下称绝,又是汉代高士严子陵隐居处,人与景相得益彰,故使七里滩极负盛名。康熙六十年(1721)秋,厉鹗拜访友人,夜过桐庐七里滩,写下此词,同时还作有《七里滩钓台下作》一诗。词以写景为主,将严光的高风亮节、山水的清幽与自己超然物外的独特感受结合起来,词境空灵秀逸,气格高妙清远,诚然得白石老仙之神髓。

集评

与于湖洞庭词壮浪幽奇,各极其胜。(清谭献《箧中词》)

无一字不清俊。……炼字炼句,归于纯雅,此境亦未易到。(清陈廷焯《白雨斋词话》)

先生自云"几令众山皆响",斯言信不诬也。"林净"三句,千锤百炼之句。结更高远。(清陈廷焯《云韶集》)

江南相关知识

七里滩

指今浙江省钱塘江自建德市东乌石滩至桐庐县南泷口的七里泷峡谷。《文选》卷二十六中,李善注谢灵运《七里濑》诗:"《甘州记》曰:桐庐县有七里濑。濑下数里,至严陵濑。"宋《淳熙严州图经》卷二:"(七里滩)在城东四十里山峡之中。谚云:'有风七里,无风七十里。'因以名之。"叶梦得《避暑录话》："严陵七里濑在洞下二十余里，两山耸起壁立，连亘七里，士人谓之泷。"

齐天乐·吴山望隔江霁雪①

厉 鹗

瘦筇②如唤登临去，江平雪晴风小。湿粉楼台，酽寒③城阙，不见春红吹到④。微茫越峤⑤。但半沍云根，半销沙草⑥。为问鸥边，而今可有晋时棹⑦。

清愁几番自遣，故人稀笑语，相忆多少。寂寂寥寥，朝朝暮暮，吟得梅花俱恼。将花插帽。向第一峰⑧头，倚空长啸。忽展斜阳，玉龙⑨天际绕。

* 选自张宏生编《全清词·雍乾卷》，南京：南京大学出版社，2012年，第231页。

① 吴山：在浙江杭州市西南，春秋时此地为吴国南界，故称。上有子胥祠，又叫胥山。霁雪，雪后天晴。
② 筇：竹杖。
③ 酽寒：酷寒、严寒。
④ "不见"句：看不到春风吹得花开。
⑤ 越峤：泛指江浙一带的山峦。峤，尖而高的山。
⑥ 这句是说，只见山石下和沙草中的积雪若隐若现，已融化过半。沍，冻结。云根，指山石，一说为深山高远云起之处。
⑦ 晋时棹：《世说新语·任诞》载："王子猷居山阴，夜大雪，眠觉，开室命酌酒，四望皎然。因起彷徨，咏左思招隐诗。忽忆戴安道。时戴在剡，即便夜乘小舟就之。经宿方至，造门不前而返。人问其故，曰：'吾本乘兴而行，兴尽而返，何必见戴。'"这句是说，不知如今可还有像王子猷那样在雪天乘船访友的雅人吗？

⑧ 第一峰:吴山下瑞石洞侧,感花岩上刻有北宋米芾手书"第一山"三字。紫阳山西端石壁上又有"吴山第一峰"五个大字,相传为朱熹手迹。金主完颜亮:"移兵百万西湖上,立马吴山第一峰。"

⑨ 玉龙:多指雪,此处指积雪的山峦。

题解

该词写江南雪景,生动形象地勾勒了一幅吴山水岸残雪图。上阕主要写景,词人先以登临观雪景起笔,先描近景,再绘远景,然后由景入情。下阕着重抒情,从近忆写起,由雪后清寒转到故人稀少的清愁,隐隐点出自己内心的孤独与寂寞。结拍复归观雪,以景结情,紧扣词题。词人想象远山积雪如玉龙残甲,气象恢宏。纵观全篇,景与情的转换过渡自然,又互相映照渗透,熔景与情于一炉。尤其是下阕"将花插帽"数语之中,一个疏狂豪放的词人形象呼之欲出,颇为词篇增色。

集评

顿挫跌宕。(清谭献《箧中词》)

湘　月

项廷纪

壬午九月,避喧于南山之甘露院①,就泉分茗,移枕看山,相羊浃旬②,尘念都净。出院不百步,越小岭,即虎跑③也。尝月夜独游,清寒特甚,赋《念奴娇》禺指声④一阕纪之。

绳河一雁⑤,带微云淡月,吹堕秋影。风约疏钟⑥,似唤我、同醉寺桥烟景⑦。黄叶声多,红尘梦断,中有檀栾径⑧。空明⑨积水,诗

江南词

愁浩荡千顷。

　　乘兴欲叩禅关⑩,残萤几点,飑⑪寒星不定。清夜湖山,肯付与、词客闲来消领?跨鹤天高,盟鸥缘浅⑫,心事塘蒲冷。朔风狂啸,满林宿鸟都醒。

　*　选自清项廷纪著《忆云词·附诗词补遗》,北京:中华书局,1985年,第14页。
① 甘露院:杭州南山幽谧的小僧寺。
② 相羊:亦作"相佯",指徜徉、徘徊。浃旬,十天,一旬。
③ 虎跑:泉名,在杭州市虎跑山大慈定慧禅院(今虎跑寺)。
④ 虿指声:也叫过腔。南宋姜夔《湘月》小序云:"予度此曲,即《念奴娇》虿指声也,于双调中吹之。虿指亦谓之过腔,见晁无咎集,凡能吹竹者,便能过腔也。"
⑤ "绳河"句:天河像雁群排成一字形飞于高空。绳河,即天河。
⑥ "风约"句:稀疏的钟声在风中隐约断续而来。
⑦ 烟景:云烟缭绕的景色。
⑧ 檀栾:秀美貌,诗文中多用以形容竹,此处借指竹。
⑨ 空明:空旷澄澈,形容月光映照下的水。
⑩ 禅关:寺门。
⑪ 飑:风吹物使颤动。
⑫ "跨鹤"两句:欲跨鹤成仙而天高,欲与鸥结盟而缘浅,这是说万事都不如意。跨鹤,泛指飞升成仙。盟鸥,即"盟鸥",与鸥结盟,喻退隐。

作者简介

　　项廷纪(1798—1835),字莲生,原名继章,榜名鸿祚,钱塘(今浙江省杭州市)人。道光十二年(1832)举人,两应进士试不第,英年早逝,著有《忆云词甲乙丙丁稿》。项廷纪工词,谭献将其与纳兰性德、蒋春霖并举,谓清代词人此三家可分鼎三足。谭献《箧中词》评之云:"莲生,古之伤心人也。荡气回肠,一波三折。"项词出入五代两宋之间,与纳兰词风格相近,哀感顽艳,婉转幽深。

一、山川风物

> 题 解

　　此词作于道光二年(1822),作者时年二十五岁。词为初秋月夜,于甘露院独游感怀而作。此清丽之夜,词人深处尘世之外,在自然中感到无比的畅怀和自由。然而如此惬意的夜晚,却依然掩抑不住词人沉郁的心情,反而使他在这样超脱的情境中更加迷失、惶惑与惘然。上阕用词设色颇近厉鹗,具幽隽清寒之美;下阕情景交融,笔调惝恍幽怨,哀发无端,愁来莫名,真可谓"古之伤心人"也。

> ·江南相关知识·

虎跑泉

　　在今浙江省杭州市西南大慈山下。周密《武林旧事》卷五:虎跑泉"旧传性空禅师居此,无泉,二虎跑地而出",故名。虎跑泉素称"天下第三泉"。

水龙吟·雪中登大观亭

邓廷桢

　　关河冻合梨云①,冲寒犹试连钱骑②。思量旧梦,黄梅听雨,危阑倦倚。被氅③重来,不分明处,可怜烟水。算夔巫④万里,金焦⑤两点,谁说与,苍茫意。

　　却忆蛟台往事⑥,耀弓刀舳舻天际⑦。而今剩了,低迷渔艇,模黏⑧雁字。我辈登临,残山送暝,远江延醉。折梅花去也,城西炬火,照琼瑶⑨碎。

　　* 选自《清代诗文集汇编》编纂委员会编《清代诗文集汇编》,上海:上海古籍出版社,2010年,第520册第140页。

江南词

① 冻合：犹言冰封。梨云，原指梨花云，语出唐王建《梦看梨花云歌》"薄薄落落雾不分，梦中唤作梨花云"，此处用来形容大雪。

② 冲寒：冒着寒冷。连钱，马名，有深浅斑驳的毛色。一作马饰解，亦通。

③ 被氅："（恭）尝披鹤氅裘，涉雪而行。孟昶窥见之，叹曰：'此真神仙中人也。'"（《晋书·王恭传》）被，同"披"。

④ 夔巫：夔，夔州，所辖在今重庆市奉节县一带。巫，巫峡，在四川省巫山县东。

⑤ 金焦：金山与焦山，在江苏镇江。

⑥ 蛟台往事：指虎门销烟抗英之事。蛟台，在广东海边沙角虎门附近。

⑦ 舳舻天际：指船首尾相连，铺满天际。舳舻，船尾和船头，此指战舰。

⑧ 模黏：模糊。

⑨ 琼瑶：美玉，此处指雪。

作者简介

邓廷桢（1776—1846），字维周，号嶰筠，晚年又号妙吉祥室老人、刚木老人，江宁（今江苏省南京市）人。其出身官宦之家，曾师从姚鼐，嘉庆五年（1800）举于乡，嘉庆六年（1801）进士；累迁至两广总督，曾力助林则徐严禁鸦片。邓廷桢诗、词、笔记均有名于时，与林则徐同气相应，诗词酬唱，后人编有《林邓唱和词》。著有《双声叠韵谱》《双砚斋词钞》等，其《双砚斋笔记》中附《词话》一卷，今称《双砚斋词话》。

题解

这首词当是词人被革职还乡后雪中登瓜州大观亭而作，但主题并非写景，而是追今抚昔，心怀家国。上阕写冒雪冲寒，登楼望远，想象长江自远处夔巫至近处金焦二山之间万里之遥的苍茫，腹地受侵，忧思顿起，百感交集。下阕回顾虎门战事，当年雄壮的武备到而今不堪洋器一击。国事之难和个人力量之渺小，给予词人无限伤心扼腕的情绪，其拳拳之心，

一、山川风物

令人感佩。全词通过以景达情，以情衬景，情景交融的手法，既描绘了当时战事之波澜壮阔，也表达了词人慷慨激昂又愤懑难鸣的复杂心绪，气势宏阔，情志高洁，无怪乎会被谭献称为"将军白发之章，门掩黄昏之句"。

·江南相关知识·
大观亭

今江苏省扬州市瓜洲镇镇南城上的大观楼。历史上的瓜洲大观楼，曾与滕王阁、黄鹤楼、岳阳楼并称"长江四大名楼"。江楼阅武，曾是瓜洲十景之一。这里也曾是商业重镇，文人墨客亦可登楼览景。根据资料显示，曹雪芹笔下《红楼梦》的"风雪大观楼"，描写的也是建在瓜洲古镇的大观楼。

二、怀古咏史

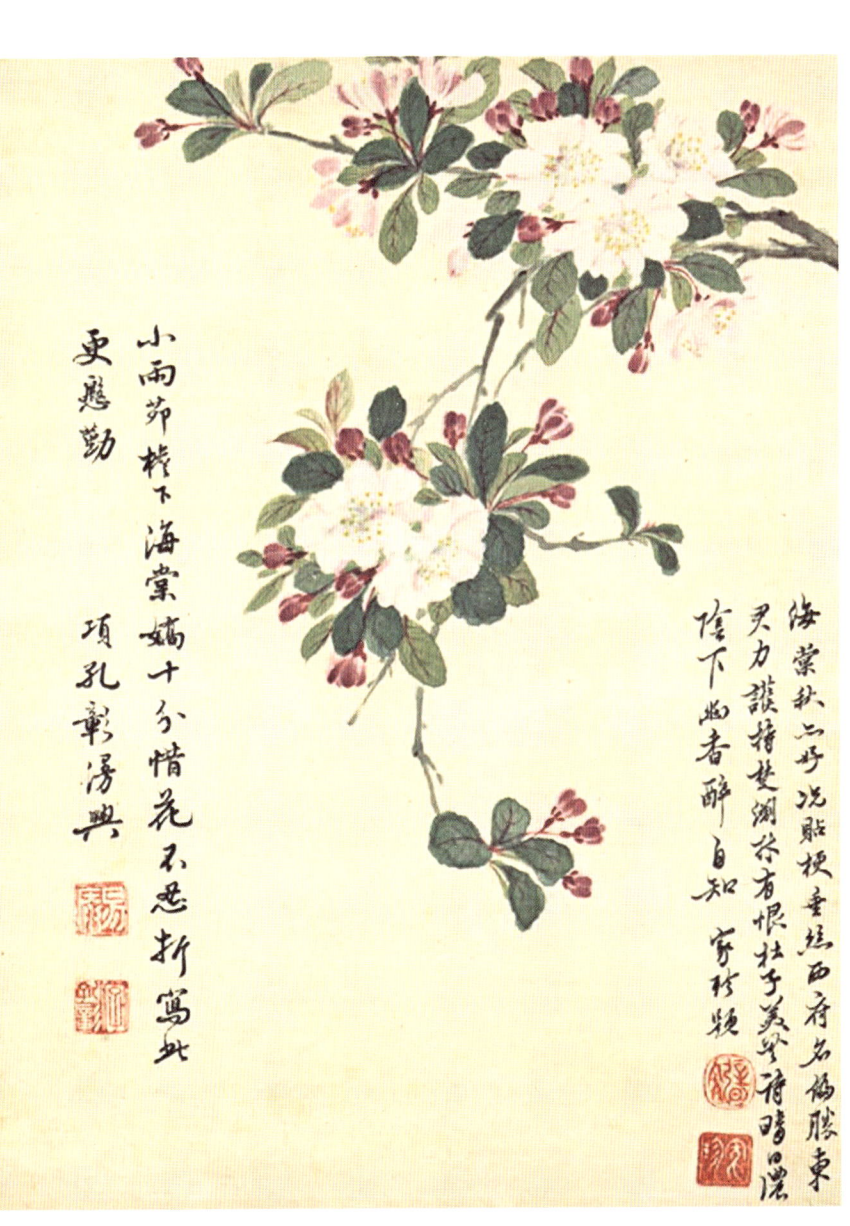

文度去須知要使人看玉樹枝　剩記乃
翁詩綠水紅蓮覓舊題歸騎春衫花滿路
相期來歲流觴曲水時
　　登京口北固亭有懷
何處望神州滿眼風光北固樓千古興亡
多少事悠悠不盡長江滾滾流　年少萬
兜鍪坐斷東南戰未休天下英雄誰敵手
曹劉生子當如孫仲謀
稼軒長短句卷之八終

衣寬認得這疏狂意下向人誚譬如閒把芳容整頓怎
地輕孤爭忍心安依前過了舊約甚當初賺我偷寄
雲鬟幾時得歸來香閣深關待伊要尤雲殢雨纏繡衾
不與同歡儘更深款款問伊今後敢更無端

定風波
自春來慘綠愁紅芳心是事可可日上花梢鶯穿柳帶
猶壓香衾臥暖酥消膩雲鬟終日厭厭倦梳裹無那恨
薄情一去音書無箇早知恁麼悔當初不把雕鞍鎖
向雞窗只與蠻牋象管拘束教吟課鎮相隨莫抛擲鍼
線閒拈伴伊坐和我免使年少光陰虛過
訴衷情近

桂枝香·金陵怀古

王安石

登临送目。正故国晚秋,天气初肃①。千里澄江似练,翠峰如簇②。归帆去棹残阳里,背西风、酒旗斜矗③。彩舟云淡④,星河⑤鹭起,画图难足。

念往昔、繁华竞逐。叹门外楼头,悲恨相续⑥。千古凭高,对此谩嗟荣辱。六朝旧事随流水,但寒烟、芳草凝绿。至今商女,时时犹唱,后庭遗曲⑦。

* 选自唐圭璋编《全宋词》,北京:中华书局,1965年,第204页。
① 肃:肃杀,萧索。
② 如簇:这里指群峰好像聚在一起。簇,丛聚。
③ 斜矗:斜插。矗,直立。
④ "彩舟"句:结彩的画船像是在天上航行,云里穿梭。
⑤ 星河:此指秦淮河。
⑥ "叹门外"句:化用杜牧《台城曲》"门外韩擒虎,楼头张丽华"句,用陈后主亡国之典。
⑦ "至今"句:化用杜牧《泊秦淮》"商女不知亡国恨,隔江犹唱后庭花"句,亦为陈后主亡国之典。

作者简介

王安石(1021—1086),字介甫,晚号半山,抚州临川(今属江西)人。其为唐宋八大家之一,代表作为《桂枝香·金陵怀古》,有《临川先生歌曲》传世。

题解

这首词作于六朝古都金陵,这里的一草一木,都有一种历史沧桑感。

江南词

王安石登高望远,看着眼前肃杀的秋景、静静流淌的秦淮河,不禁涌起怀古之思,想起陈后主作《玉树后庭花》,日日与张丽华耽于玩乐,不理政事,最终兵败亡国,与二妃投井被捕。六朝往事已随云烟散去,而像王安石这样有学识、有抱负的文士思及此处,如何不发出忧患的嗟叹。

集 评

金陵怀古,诸公寄词于《桂枝香》,凡十三余首,独介甫最为绝唱。东坡见之,不觉叹息曰:"此老乃野狐精也。"(宋杨湜《古今词话》)

词以意趣为主,要不蹈袭前人语意。……清空中有意趣,无笔力者未易到。(宋张炎《词源》)

情韵有美成、耆卿所不能到。(清张惠言《论词》)

李易安谓:介甫文章似西汉,然以作歌词,则人必绝到。但此却颉颃清真、稼轩,未可谩诋也。(梁启超《饮冰室评词》)

江南文化知识

1. 秦淮河

秦淮河,为长江中下游右岸支流,大部分流域位于我国江苏省南京市境内,是南京市最大的地区性河流。秦淮河孕育了南京的文化,是一条历史名河,见证了金陵作为六朝古都的繁华和衰亡。从古至今,写秦淮河的诗词文章数不胜数,刘禹锡的"淮水东边旧时月,夜深还过女墙来",杜牧的"商女不知亡国恨,隔江犹唱后庭花",等等。如今,秦淮河已成为南京著名的旅游景区,附近有夫子庙、乌衣巷、大报恩寺、桃叶渡等景点。游客可以沿着河边漫步,也可以坐坐船、听听吴侬软语的船歌。在秦淮河的桨声灯影里,来一场六朝金粉的旧梦。

二、怀古咏史

西河·大石金陵

周邦彦

佳丽地①。南朝盛事谁记。山围故国②绕清江,髻鬟对起③。怒涛寂寞打孤城,风樯④遥度天际。

断崖树,犹倒倚。莫愁艇子曾系⑤。空余旧迹郁苍苍,雾沉半垒。夜深月过女墙来,赏心东望淮水⑥。酒旗戏鼓⑦甚处市。想依稀、王谢邻里。燕子不知何世。入寻常、巷陌人家,相对如说兴亡,斜阳里⑧。

* 选自唐圭璋编《全宋词》,北京:中华书局,1965年,第612页。
① 佳丽地:指金陵(今南京),谢朓有"江南佳丽地,金陵帝王州"句。
② 山围故国:化用刘禹锡《石头城》"山围故国周遭在,潮打空城寂寞回"句。后"怒涛寂寞打孤城"同化用此句。
③ 髻鬟对起:如女子发髻一般突起的钟山和石头山相对峙。髻鬟,古代女子发式。
④ 风樯:帆船。
⑤ "莫愁"句:化用乐府诗《莫愁乐》。诗云:"莫愁在何处?莫愁石城西。艇子打两桨,催道莫愁来。"
⑥ "夜深"二句:化用刘禹锡《石头城》"淮水东边旧时月,夜深还过女墙来"句。
⑦ 酒旗戏鼓:指酒楼戏馆等繁华场所。
⑧ "想依稀"五句:化用刘禹锡《乌衣巷》"旧时王谢堂前燕,飞入寻常百姓家"句。

题 解

这首词是周邦彦晚年的作品。当时,北宋王朝处于风雨飘摇之中,来到繁华散去的古都金陵,更引发了周邦彦对于世事变迁、王朝更迭的感慨,写下这首怀古词。此词通篇化用刘禹锡《石头城》《乌衣巷》二诗诗意。

江南词

第一片写金陵形势，为整首词铺垫历史的厚重感，第二片虚写金陵旧迹，进一步渲染王朝更迭带来的沧桑变化，第三片以燕子之口，诉说兴亡之事。

集 评

　　如此江山，还有王者气否？介甫《桂枝香》独步不得。王谢金陵事，吴彦高"旧时王谢堂前燕子，飞向谁边"，逊婉切。（明沈际飞《草堂诗余正集》）

　　檃括唐句，浑然天成。"山围故国绕清江"四句，形胜。"莫愁艇子曾系"三句，古迹。"酒旗戏鼓甚处市"至末，目前景物。（清许昂霄《词综偶评》）

　　此词纯用唐人成句融化入律，气韵沉雄，苍凉悲壮，直是压遍古今。金陵怀古词古今不可胜数，要当以美成此词为绝唱。（清陈廷焯《云韶集》）

　　家大人云：张玉田谓清真最长处在善融化古人诗句，如自己出。读此词可见此中三昧。（梁令娴《艺蘅馆词选》）

南乡子·登京口①北固亭②有怀

辛弃疾

　　何处望神州。满眼风光北固楼。千古兴亡多少事，悠悠。不尽长江滚滚流。

　　年少万兜鍪③。坐断东南战未休。天下英雄谁敌手。曹刘。生子当如孙仲谋④。

二、怀古咏史

* 选自唐圭璋编《全宋词》,北京:中华书局,1965年,第1961页。
① 京口:今江苏省镇江市。
② 北固亭:位于镇江城北北固山上。
③ 万兜鍪:千军万马。兜鍪,古代作战时兵士所带的头盔。
④ "生子"句:援引《三国志》注引吴历。"(曹操)喟然叹曰:'生子当如孙仲谋,刘景升儿子若豚犬耳。'"

作者简介

辛弃疾(1140—1207),字幼安,号稼轩,历城(今山东省济南市)人。南宋著名词人,豪放派代表人物,与苏轼并称"苏辛"。其词慷慨激昂,富有爱国热情,代表作有《青玉案·元夕》《破阵子·为陈同甫赋壮词以寄之》等,有《稼轩长短句》传世。

题 解

此词作于宋宁宗嘉泰四年(1204)。当时,辛弃疾被派到镇江去做知府,登临北固亭,写下这首怀古词作。镇江,在三国时期属东吴政权辖下。孙权等年轻领袖意气风发,在这里立下了丰功伟业,与辛弃疾报国无门、一腔热血无处挥洒的尴尬处境形成鲜明对比,辛弃疾由此感慨而作。

集 评

此有慨于南渡之不振也。(清杨希闵《词轨》)

气魄雄大,虎视千古。东坡词,极名士之雅,贾选慈,极英雄之气。千古并称,而稼轩更胜。(清陈廷焯《云韶集》)

信手拈来,自然合拍。(清陈廷焯《词则》)

江南词

· 江南文化知识 ·

北固亭

浙江城北的北固山北临长江,自晋以来,郡治皆据其上,三面临水,势最险固,因此名之。北固亭则位于北固山上。晋代蔡谟首先在北固山上建北固楼,以贮放军备;谢安又重新修建过它;后来北固楼被毁,只剩下一个小亭,上下的路十分狭隘,南朝梁的萧正义扩建了这条路。大同十年(544),梁武帝登临北固亭远眺,作《登北固楼》诗,并言:"此岭不足固守,然京口实乃壮观。"

永遇乐·京口北固亭怀古

辛弃疾

千古江山,英雄无觅,孙仲谋处。舞榭歌台,风流总被,雨打风吹去。斜阳草树,寻常巷陌,人道寄奴①曾住。想当年,金戈铁马,气吞万里如虎。

元嘉②草草,封狼居胥③,赢得仓皇北顾。四十三年④,望中犹记,烽火扬州路。可堪回首,佛狸祠⑤下,一片神鸦社鼓⑥。凭谁问,廉颇老矣,尚能饭否⑦。

* 选自唐圭璋编《全宋词》,北京:中华书局,1965年,第1954页。
① 寄奴:南朝宋武帝刘裕小名。
② 元嘉:南朝宋文帝刘义隆年号(423—453)。宋文帝命王玄谟北伐,大败而归。
③ 封狼居胥:此指宋文帝闻王玄谟论兵,使人有建功立业之意。狼居胥,山名。汉朝将领霍去病远征匈奴,得胜,于狼居胥山祭拜天地,庆祝胜利。
④ 四十三年:辛弃疾于绍兴三十二年(1162)渡江南归,至开禧元年(1205)作此词时,前后共四十三年。
⑤ 佛狸祠:北魏太武帝拓跋焘的祠庙。佛狸,拓跋焘小名。

⑥神鸦社鼓：来祠庙觅食的乌鸦，社日祭神的鼓神。

⑦"凭谁问"三句：战国时赵国名将廉颇赋闲，赵王想重新任用他，派使者去看他的情况。廉颇的仇人贿赂使者，让使者报告赵王廉颇已经老了，不能再用了。赵王便不再用廉颇。

题 解

本词作于开禧元年乙丑（1205），时辛弃疾六十六岁，任镇江知府，戍守江防要地京口。他向朝廷提出了关于北伐抗金策略的建议，却不受重视。他来到京口北固亭，登高眺望，感慨万千，写下了这首借古讽今的词作。上阕赞美孙权、刘裕两位英雄功绩的同时，也写他们随着历史尘埃散去的身后悲凉。下阕转而写现实，用刘义隆草率北伐失败、老将廉颇不受重用等典故，来表达自己对抗金现状的忧虑和报国无门的悲愤之情。

集 评

此词集中不载，尤隽壮可喜。朱文公云："辛幼安、陈同甫，若朝廷赏罚分明，此等人皆可用。"（宋罗大经《鹤林玉露》）

升庵云：稼轩词中第一。发端便欲涕落，后段一气奔注，笔不得遏。廉颇自拟，慷慨壮怀，如闻其声。谓此词用人名多者，当是不解词味。（清先著、程洪《词洁》）

事迹一经其用，政不多见。（明沈际飞《草堂诗余别集》）

典故一经其手，正不患多。（明卓人月、徐士俊辑《古今词统》）

有英主则可以隆中兴，此是正说。英主必起于草泽，此是反说。继世图功，前车如此。（清周济《宋四家词选》）

起句嫌有犷气，且使事太多，宜为岳氏所议。非稼轩之盛气，勿轻染指也。（清谭献《复堂词话》）

江南词

今人论词,动称辛、柳,不知稼轩词以"佛狸祠下,一片神鸦社鼓"为最,过此则颓然放矣。耆卿词以"关河冷落,残照当楼"与"杨柳岸、晓风残月"为佳,非是则淫以亵矣。此不可不辨。(清田同之《西圃词说》)

此阕悲壮苍凉,极咏古能事。(清李佳《左庵词话》)

有借音数字,宋人习用之。……辛弃疾《永遇乐》:"凭谁问、廉颇老矣,尚能饭否。""否"字叶方古切。(清李佳《左庵词话》)

才气虽雄,不免粗鲁。(清陈廷焯《白雨斋词话》)

稼轩《永遇乐》,岳倦翁尚谓其用事太实。然亦有法,材富则约以用之,语陈则新以用之,事熟则生以用之,意晦则显以用之,实处间以虚意,死处参以活语,如禅家转法华,弗为法华转,斯为善于运用。(清沈祥龙《论词随笔》)

否,方矩切,陈琳《大荒赋》"岂云行之藏否",辛弃疾《永遇乐》"为问廉颇尚能饭否",俱与上文虎字叶,盖古音也。(清谢章铤《赌棋山庄词话》)

辛稼轩《永遇乐·京口北固亭怀古》一词,意在恢复,故追数孙刘,皆南朝之英主。屡言佛狸,以拓跋比金人也。(清宋翔凤《乐府余论》)

康伯可制《宝鼎现》词,传诵海内。蒋胜欲词"笑绿鬟邻女,倚窗犹唱、夕阳西下",张蜕岩词"楚芳玉润吴兰媚,一曲夕阳西下",皆指康词而言。又辛稼轩《永遇乐》词"从头问,廉颇老矣,更能饭否",故戴石屏词云:"吴姬劝酒,唱得廉颇能饭否。"以一阕之工,形诸齿颊,盖玉以和氏宝,饮以中泠贵矣。(清张德瀛《词征》)

稼轩《贺新凉》《永遇乐》二词,使座客指摘其失,岳珂谓其《贺新凉》首尾二腔语句相似,《永遇乐》用事太多。乃自改其语,日数十易,未尝不呕心艰苦。(清胡薇元《岁寒居词话》)

四十三年前,即稼轩奉表南归之年,于此渡江。追怀出入烽火中之事迹,故能如是悲壮。(梁启勋《词学》)

二、怀古咏史

水龙吟·登建康赏心亭①

辛弃疾

楚天千里清秋,水随天去秋无际。遥岑远目,献愁供恨,玉簪螺髻②。落日楼头,断鸿③声里,江南游子。把吴钩④看了,栏杆拍遍,无人会、登临意。

休说鲈鱼堪脍,尽西风、季鹰归未⑤。求田问舍,怕应羞见,刘郎才气⑥。可惜流年,忧愁风雨,树犹如此⑦。倩⑧何人唤取盈盈翠袖,揾英雄泪。

* 选自唐圭璋编《全宋词》,北京:中华书局,1965年,第1869页。

① 赏心亭:在南京城西门城楼上。
② 玉簪螺髻:比喻高矮形状不同的山岭。螺髻,古代女子发式,将头发盘成螺形。
③ 断鸿:孤鸿,失群之雁。
④ 吴钩:古代吴地制造的一种宝刀。
⑤ "休说"三句:见《晋书·张翰传》。晋张翰,字季鹰,于洛阳见秋风起,忽忆故乡的鲈鱼莼菜,遂辞官回乡。
⑥ "求田"三句:见《三国志·魏书·陈登传》。刘备批评许汜只知道购置田舍而无济世之志。
⑦ 树犹如此:见《世说新语·言语》。"桓公北征,经金城,见前为琅琊时种柳,皆已十围,慨然曰:'木犹如此,人何以堪!'攀枝执条,泫然流泪。"
⑧ 倩:请。

题 解

这首词作于宋孝宗淳熙元年(1174),当时作者南归已八九年了,却投闲置散,任了一介小官。辛弃疾登上赏心亭向远处眺望,景物阔大,远山、流水、落日,无不渲染出清秋的苍茫萧索,引起词人壮志难酬的愁思,"把吴钩看了"句尤能体现这种悲愤之情。下阕用张翰、刘备之典,抒发报国无门的忧愤。

集评

"倩何人,唤取盈盈翠袖,英雄泪。"若士取赠黄衫客,极当。(明卓人月、徐士俊辑《古今词统》)

辛稼轩词,慷慨豪放,一时无两,为词家别调。集中多寓意作……此类甚多,皆为北狩南渡而言。以是见词不徒作,岂仅批风咏月!(清李佳《左庵词话》)

词起结最难,而结尤难于起,盖不欲转入别调也。"呼翠袖,为君舞""倩盈盈翠袖,揾英雄泪",正是一法。(清刘体仁《七颂堂词绎》)

裂竹之声,何尝不潜气内转。(清谭献《复堂词话》)

落落数语,不数王粲《登楼赋》。(清陈廷焯《白雨斋词话》)

前四句写登临所见,起笔便有浩荡之气。"落日"句以下,由登楼说到旅怀,而仍不说尽,仅以吴钩独看,略露其不平之气。下阕写旅怀,即使归去奇狮卜筑,而生平未成一事,亦羞见刘郎。"流年"二句以单句旋折,弥见激昂。结句言英雄之泪,未要人怜,倘揾以红巾,或可破颜一笑,极言其潦倒,仍不减其壮怀也。(俞陛云《唐五代两宋词选释》)

江南文化知识

赏心亭

赏心亭,旧时"为金陵第一胜概"。据南宋《景定建康志》云:"赏心亭在(南京城西)下水门(即今西水关)之城上,下临秦淮,尽观览之胜。"历代诗人词家吟咏者不计其数。但至元末明初,此亭遗迹荡然无存,令人惋惜。现存赏心亭为后人依据《景定建康志》《至正金陵新志》等古籍中对赏心亭的描述,参照《营造法式》等宋代建筑书籍和现存宋代建筑的建造手法重建。

念奴娇·登建康赏心亭①呈史致道留守②

辛弃疾

我来吊古,上危楼、赢得闲愁千斛。虎踞龙蟠③何处是,只有兴亡满目。柳外斜阳,水边归鸟,陇上吹乔木。片帆西去,一声谁喷霜竹④。

却忆安石风流,东山岁晚,泪落哀筝曲。儿辈功名都付与,长日惟消棋局⑤。宝镜⑥难寻,碧云将暮,谁劝杯中绿。江头风怒,朝来波浪翻屋。

* 选自唐圭璋编《全宋词》,北京:中华书局,1965年,第1874页。

① 赏心亭:见《水龙吟·登建康赏心亭》注。

② 史致道留守:史正志,字致道,时任建康行宫留守。

③ 虎踞龙蟠:形容南京地势险要。《太平御览·州郡》引张勃《吴录》:"蜀主曾使诸葛亮至京口,睹秣陵山阜,叹曰:'钟山,龙盘石头,虎踞帝王之宅。'"

④ 喷霜竹:吹笛。黄庭坚《念奴娇·断虹霁雨》词题云:"客有孙彦立,善吹笛。"其结句云:"孙郎微笑,坐来声喷霜竹。"

⑤ "却忆"五句:用谢安之典。谢安,字安石,曾隐居东山。晋孝武帝末年,谢安位高遭忌。《晋书·桓伊传》:"于是国宝谗谀之计稍行于主相之间,而好利险诐之徒以安功名盛极而构会之,嫌隙遂成。帝召伊饮宴,安侍坐……伊便抚筝而歌,歌《怨诗》曰:'为君既不易,为臣良独难,忠信事不显,乃有见疑患……'声节慷慨,俯仰可观。安泣下沾襟。"《晋书·谢安传》:"时符坚强盛,疆场多虞,诸将败退相继,按遣弟石及兄子玄等应机征讨,所在尅捷。……玄等既破坚,有驿书至,安方对客围棋,看书既竟,便摄放床上,了无喜色,棋如故。客问之,徐答云:'小儿辈遂已破贼。'"

⑥ 宝镜难寻：以此借喻知我者难觅。李濬《松窗杂录》："渔人于秦淮河得古铜镜，照之尽见肺腑，腕战而坠。"

题解

此篇作于宋孝宗乾道四年(1168)，辛弃疾任建康通判。他南归后，致力于抗金救国，却因为归正人的身份不受重视，无所作为。上阕写他登高远望，当年作为六朝古都的南京龙盘虎踞的气势，和如今的衰败景象形成鲜明对比，让词人触景生情、感慨万千。下阕用谢安之典，由谢安指挥淝水之战的气定神闲，和最后受谗被疏的跌宕一生，联想到现实中自己的处境，发出壮志难酬、知音难觅的悲叹。

集评

抚时之作，意存感慨，然浓情致语几于尽矣。(明潘游龙《古今诗余醉》)

愤气直发千古豪，贪人冰冷。(明沈际飞《草堂诗余续集》)

老辣。(清陈廷焯《词则》)

填词平仄及断句皆定数，而词人语意所到，时有参差。(明杨慎《词品》)

满江红·金陵怀古

萨都剌

六代①繁华春去也、更无消息。空怅望、山川形胜，已非畴昔②。王谢堂前双燕子，乌衣巷口曾相识③。听夜深、寂寞打孤城，春潮急④。

思往事，愁如织。怀故国，空陈迹。但荒烟衰草，乱鸦斜日。玉

二、怀古咏史

树⑤歌残秋露冷,胭脂井⑥坏寒螀⑦泣。到如今、惟有蒋山⑧青,秦淮⑨碧。

* 选自唐圭璋编《全金元词》,北京:中华书局,1979年,第1090页。
① 六代:见《念奴娇·登石头城》注释②。
② 畴昔:往昔,从前。
③ "王谢"二句:化用刘禹锡《乌衣巷》"旧时王谢堂前燕,飞入寻常百姓家"句。乌衣巷,在南京市秦淮河畔,是东晋王导、谢安两大家族的宅邸。
④ "听夜深"二句:典出刘禹锡《石头城》"山围故国周遭在,潮打空城寂寞回"句。打,拍打。
⑤ 玉树:指陈后主为嫔妃所作《玉树后庭花》曲,终日歌舞,被称为亡国之音。
⑥ 胭脂井:故址在今南京市鸡鸣山边的台城内。南朝陈灭亡时,隋兵攻打金陵,陈后主与妃子张丽华、孔贵妃避入此井,终为隋兵所俘,因而此井又称"辱井"。
⑦ 寒螀:寒蝉。
⑧ 蒋山:即金陵东北的钟山,汉末秣陵尉蒋子文葬于此,故得名。
⑨ 秦淮:河名,自西向东流经南京,汇于长江。

作者简介

萨都剌(1272—1355),字天锡,号直斋,回人,元代雁门(今山西省代县)人。一生游历很广,诗歌中写景作品占比很大,如《立秋日登乌石山》《过嘉兴》等等;也有描写民间困苦的诗歌,如《早发黄河即事》。其词豪迈慷慨,颇有影响,尤以《念奴娇·登石头城》《满江红·金陵怀古》两首怀古词最为著名。著有《雁门集》《集外诗》。

题 解

《满江红》,词牌名,又名《上江虹》《伤春曲》。萨都剌在元文宗至顺三年(1332)调任江南诸道行御史台掾史,移居金陵,此篇大约作于当时。从

江南词

题材来看,词作怀古伤春,且多化用前人名句。上阕写金陵繁华的景象犹如春光般逝去,怅望眼前的山川,已物是人非,为全词定下了伤感的基调。看见乌衣巷口似曾相识的燕子,作者想起了当年王、谢两家族的兴盛,进一步反衬如今的冷清。下阕则用"思往事,愁如织"一句直抒胸臆。荒烟、衰草、乱鸦、斜日、秋露、寒蛩,皆是清冷之景。再加上《玉树后庭花》这一亡国之音的典故,愈发表现出作者对历史兴亡的慨叹。结句以眼前的蒋山、秦淮收束,与上阕"空怅望、山川形胜"相应,抒发了人事短暂、山川永恒的怅惘。

念奴娇·登石头城次东坡韵

萨都剌

石头城上,望天低吴楚①,眼空无物。指点六朝形胜地②,唯有青山如壁。蔽日旌旗,连云樯橹,白骨纷如雪③。一江南北,消磨多少豪杰。

寂寞避暑离宫④,东风辇路,芳草年年发⑤。落日无人松径里,鬼火⑥高低明灭。歌舞尊前,繁华镜里,暗换青青发。⑦伤心千古,秦淮一片明月。

* 选自唐圭璋编《全金元词》,北京:中华书局,1979年,第1092页。

① 吴楚:春秋战国时吴楚两国之地,这里泛指长江中下游地区。

② 六朝形胜地:三国时吴国,东晋,南朝的宋、齐、梁、陈都以建康(今南京市)为都。形胜地,指地势优越、有利的地方。

③ "蔽日旌旗"三句:对金陵古战场的描述。旗帜很多,以致遮蔽了太阳,战船也极多,像天上的云彩一样连成一片。"白骨纷如雪",指士卒的死伤非常惨重。旌旗,指旗帜。樯橹,指桅杆和划船工具,代指船只、战船。

④ 离宫:即皇帝出巡时居住之处。

⑤"东风"二句:东风吹到皇帝车驾所经之路,年年都长出青草。辇路,皇帝车驾所经过的道路。
⑥ 鬼火:墓地中的磷火。
⑦"歌舞"三句:在歌舞酒樽前、虚幻的繁华景象里,不知不觉头发就变白了。

题 解

《念奴娇》,词牌名,又名《大江东去》《百字令》。苏轼有一首《念奴娇·赤壁怀古》,萨都剌此篇步其韵。石头城,故址在今南京市清凉山西麓,三国时孙权所建。词人登临古迹,忆及昔日在这里发生的惨烈战争,而如今一切烟消云散,只有青山依旧,供人凭吊。下阕回归现实,六朝宫殿如今已经荒废,松林小径中鬼火浮动,甚是荒凉。作者由此推想,现在的歌舞繁华依然也是镜花水月,转瞬即逝。此时,唯有一轮见证了沧桑巨变的明月朗照秦淮,作者对着它暗自伤心。此词虚实相生,由凭吊怀古转为对人生宇宙的思考,境界开阔,极富悲剧意味。

集 评

雁门诸作,多感慨苍莽之音,是咏古正格。(清李佳《左庵词话》)

满江红·蒜山怀古①

吴伟业

沽酒南徐②,听夜雨、江声千尺。记当年、阿童东下③,佛狸深入④。白面书生成底用⑤,萧郎裙屐偏轻敌⑥。笑风流、北府好谭兵⑦,参军客⑧。

江南词

人事改,寒云白;旧垒废,神鸦集⑨。尽沙沉浪洗,断戈残戟⑩。落日楼船鸣铁锁,西风吹尽王侯宅。任黄芦苦竹打荒潮,渔樵笛。

* 选自清吴伟业著、清陈继龙笺注《吴梅村词笺注》,上海:上海古籍出版社,2008年,第117页。

① 蒜山:一作算山,在今江苏省镇江市。
② 沽酒:即买酒。南徐,今江苏省镇江市。
③ 阿童东下:指晋王濬破吴事。王濬,小字阿童。
④ 佛狸深入:指魏太武帝率兵南下击败刘宋军队,率众至瓜步山建立行宫。后改为太武庙,又叫佛狸祠。魏太武帝,小字佛狸。
⑤ 白面书生:犹言少年文士,含有年轻识浅之意。这里指梁武帝萧衍。
⑥ 萧郎裙屐:指仪表堂堂、修饰华美而无真才实学的人。萧郎,指南北朝梁武帝时期萧渊藻。《资治通鉴》卷一四六《梁纪二》载:"萧渊藻裙屐少年,未洽治务,宿昔名将,多见囚戮,今之所任,皆左右少年……"
⑦ 北府:东晋建都建康(今江苏省南京市),军府设在建康之北的广陵(今江苏省扬州市),故称军府为北府。谢玄曾任广陵相,这里的北府指谢玄。
⑧ 参军客:指谢玄的部将刘牢之。《晋书·刘牢之传》记载,谢玄镇广陵,以刘牢之为参军,领精锐为先锋,百战百胜,号为北府兵。
⑨ 神鸦:指佛狸祠里吃祭品的乌鸦。
⑩ 尽沙沉句:化用杜牧《赤壁》"折戟沉沙铁未销,自将磨洗认前朝"句。

作者简介

吴伟业(1609—1672),字骏公,号梅村,别署鹿樵生、灌隐主人、大云道人,江南太仓(今江苏省太仓市)人。明崇祯进士,官左庶子,是复社重要成员;入清后,为国子监祭酒,后辞官归乡。吴伟业是明清之际著名诗人,尤长于七言歌行和记事之作,学长庆体而自成新吟,后人称之为"梅村体"。吴伟业与钱谦益、龚鼎孳并称"江左三大家",又为娄东诗派开创者,著有《梅村集》。

語勸我早歸家綠窗人似花
人人盡說江南好遊人只合江南老春水碧
於天畫舡聽雨眠　鑪邊人似月皓腕凝雙
雪未老莫還鄉還鄉須斷腸
如今却憶江南樂當時年少春衫薄騎馬倚
斜橋滿樓紅袖招　翠屏金屈曲醉入花叢
宿此度見花枝白頭誓不歸
勸君今夜須沉醉罇前莫話明朝事珍重主
人心酒深情亦深　須愁春漏短莫訴金盃
滿遇酒且呵呵人生能幾何

花非花

花非花霧非霧夜半來天明去來如春夢不多時去似
朝雲無覓處

憶江南

江南好風景舊曾諳日出江花紅勝火春來江水綠如
藍能不憶江南

又

江南憶最憶是杭州山寺月中尋桂子郡亭枕上看潮
頭何日更重遊

又

二、怀古咏史

> 题 解

　　这首怀古词,情感磅礴,气韵沉雄。通过咏怀既往史事,结合眼前山河破碎的冷落景象,抒发朝代更替、人事变迁的感怀。词人于雨夜饮酒江边,内心抑制不住思索古今事。先是连续用典,议论古时战事得失,而后感慨今日白云苍狗之变换。旧时王侯宅,而现在徒生苦竹,怎能不让人感到无尽的苍凉?此词融合写景、议论和抒情为一体,用典恰切,情感一贯而下,可为东坡后劲。

> 集 评

　　涩于稼轩。(清谭献《箧中词》)
　　怀古苍茫,议论雄快、悲郁。……此词声请悲壮,高唱入云。顿挫生姿,哀感不尽,不专为南徐写照也。(清陈廷焯《云韶集》)

· 江南相关知识 ·

蒜山

　　蒜山,在江苏省镇江市西。《元和志》:"山多泽蒜,因以为名。"《舆地纪胜》:"陆龟蒙题曰'算山',或以周瑜与武侯议拒曹操,谋算于此,故名。"《寰宇记》:"东晋末孙恩浮海至丹徒,率众登蒜山,刘裕击破之。"

卖花声 · 雨花台[①]

朱彝尊

　　衰柳白门[②]湾。潮打城还[③]。小长干接大长干[④]。歌板[⑤]酒旗零落尽,剩有渔竿。

江南词

秋草六朝寒。花雨空坛⑥。更无人处一凭栏。燕子斜阳来又去⑦,如此江山。

* 选自屈兴国、袁李来点校《朱彝尊词集》,杭州:浙江古籍出版社,2011年,第35页。

① 雨花台:在南京中华门(旧称聚宝门)外聚宝山上。相传,梁云光法师在此讲经,感天雨花,故称雨花台。

② 白门:六朝时建康城正南门为宣阳门,又称白门。在今南京城西南隅,后人因以之作为南京的别称。

③ 潮打城还:化用刘禹锡《石头城》"潮打空城寂寞回"句。城,指古石头城,在今南京清凉山一带。

④ 大长干、小长干:古秣陵县东里巷名,故址在今南京城南,或说即报恩寺前大道。干,山间平地。

⑤ 歌板:即拍板,打击乐器,一般用檀木制成,用以定歌曲节拍。

⑥ 花雨空坛:这是说雨花台空空如也,什么都没有。

⑦ "燕子"句:化用刘禹锡《乌衣巷》"旧时王谢堂前燕,飞入寻常百姓家"句。

题 解

南京不仅为六朝古都,明太祖朱元璋与南明福王朱由崧也曾建都于此。这首词写清初南京的萧条景象,曲折地寄托了词人的故国之思,显得凄婉而深沉。上阕刻画了雨花台一带凄凉的秋景,暗示亡明故都残破不堪。下阕迭用上阕词意而取象不同,将怀古之意向历史的纵深延伸,强化了江山依旧而人事已非的悲凉氛围。全词多用景物描写,中间融合前人诗句,妥帖自然,意境清疏。

集 评

声可裂竹。(清谭献《箧中词》)

气韵沉雄,却不涉叫嚣,不流散漫;出"苏辛"之上,结得妙,妙在其味

不尽。(清陈廷焯《云韶集》)

> **江南相关知识**

雨花台

雨花台在江苏省南京市中华门外,为顶部呈平台状的山冈,高约100米,长约300米。相传南朝梁武帝时,云光法师在此讲经,感动天神,落花如雨,故名。古代又称石子岗。雨花台盛产石英质卵石,晶莹圆润,称雨花石。

鹧鸪天

孔尚任

院静厨①寒睡起迟,秣陵人老看花时②。城连晓雨枯陵③树,江带春潮坏殿基。

伤往事,写新词,客愁④乡梦乱如丝。不知烟水西村舍,燕子今年宿傍谁⑤?

---

* 选自清孔尚任著、清云亭山人评点、李保民点校《桃花扇》,上海:上海古籍出版社,2016年,第3页。

① 厨:古称碧纱橱,一种类似纱帐的卧具。大抵以木为架,顶及四周蒙以绿纱,夏令张之,以避蚊蝇。

② 秣陵:即金陵,古县名,后多作南京的代称。看花时:《桃花扇》剧中一开始是侯方域应复社之友吴次尾等人之邀,赴冶城道院观赏梅花,此处为应和剧情。

③ 陵:指明孝陵,朱元璋的陵墓。

④ 客愁:此为侯方域口吻。侯本中州归德人(今河南省商丘市),因科举考试旅居金陵。

⑤ "燕子"句:此句翻用刘禹锡《乌衣巷》"旧时王谢堂前燕,飞入寻常百姓家"句。

江南词

作者简介

孔尚任(1648—1718),字聘之,又字季重,号东塘,自称云亭山人,山东曲阜人,孔子六十四代孙。清初诗人、戏曲作家。康熙三十八年(1699),孔尚任创作传奇剧《桃花扇》,借复社文人侯方域与秦淮名妓李香君的爱情故事,深刻总结了明朝亡国的历史教训,为历史剧的创作积累了成功的经验。世人将其与《长生殿》作者洪昇并论,称"南洪北孔"。诗风朴素,寄兴幽微,著有《湖海集》《石门山集》《长留集》等,近人汇为《孔尚任诗文集》。

题解

此词载《桃花扇》第一出《听稗》,为剧中江南名士侯方域出场时所吟诵之词。表面上看,这是侯方域抒发自己客居他乡的愁闷以及对南明政权将亡的哀怨。但跳将出来,也可视为作家孔尚任在借侯方域之口来抒写自己的亡国之痛。起笔两句酿造早春氛围,积淀着深沉的历史沧桑感。"秫陵人老看花时"与李清照之"春归秣陵树,人老建康城"(《临江仙》)意颇相近。"城连晓雨枯陵树,江带春潮坏殿基"实为虚写,暗示着一种令人感伤的历史趋势,可堪玩味。下阕"伤往事""客愁乡梦"意更显豁,结句以燕子失去故巢寄寓了家国沦亡的微义,让人不禁想起文天祥《金陵驿》中"满地芦花和我老,旧家燕子傍谁飞"之句。《桃花扇》第四十出《入道》有云:"国在哪里?家在哪里?君在哪里?父在哪里?"这几句台词,恰可作末两句的最好注脚。

集评

哀于《麦秀》。(清谭献《箧中词》)

二、怀古咏史

> ·江南相关知识·

秣陵县

秦始皇三十七年(前210)改金陵邑置,属会稽郡,治所即今江苏省江宁区南五十里之秣陵镇。《三国志·吴书·张纮传》裴松之注引《江表传》载,张纮谓孙权曰:"秣陵,楚武王所置,名为金陵。地势冈阜连石头,访问故老,云昔秦始皇东巡会稽经此县,望气者云,金陵地形有王者都邑之气,故掘断连冈,改名秣陵。"西汉时,秣陵属丹杨郡。东汉建安十七年(212),孙权自京口(今镇江市)徙治于此,改名建业,移治今南京市。太康元年(280),西晋灭吴,复名秣陵。太康三年,分淮水(今秦淮河)南为秣陵县,北为建邺县。东晋义熙九年(413),移治京邑,在斗场柏社(今南京市武定桥东南)。元熙元年(419),移治扬州府禁防参军署(今南京市中华门外大报恩寺附近)。隋开皇中,并入江宁县。(见史为乐编《中国历史地名大辞典》,中国社会科学出版社,2005年,第2135页)

汨罗怨·过旧都①作

吕碧城

翠拱屏嶂②,红迤③宫墙,犹见旧时天府④。伤心麦秀,过眼沧桑,消得客车延住⑤。认斜阳、门巷乌衣,匆匆几番来去⑥。输与寒鸦,占取垂杨终古⑦。

闲话六朝往事,谁躅清游,采香⑧残步。汉宫传蜡⑨,秦镜荧星⑩,一例秾华⑪无据。但江城、零乱歌弦,哀入黄陵⑫风雨。还怕说,花落新亭⑬,鹧鸪啼苦。

* 选自李保民笺注《吕碧城词笺注》,上海:上海古籍出版社,2001年,第384页。

江南词

① 旧都：指南京。南京曾是六朝、五代南唐以及明朝的旧都。
② 翠拱屏嶂：指南京四围的青山如同一道屏障护卫着都城。
③ 逦：逦迤，连绵不断。
④ 天府：物产丰饶，地形优越之地。《史记·刘敬叔孙通列传》："因秦之故，资甚美膏腴之地，此所谓天府者也。"这里指朝廷。
⑤ "伤心"句：这三句是说词人不得不在这里停车久立，感岁月匆匆，为旧都的人事皆非而伤心。麦秀，指《麦秀》诗。《史记》卷三十八《宋微子世家》记箕子朝周过殷墟作《麦秀》之诗："麦秀渐渐兮，禾黍油油。彼狡童兮，不与我好兮。"沧桑，即沧海桑田，比喻世事变迁很大。
⑥ "斜阳"二句：化用刘禹锡《乌衣巷》诗句。
⑦ "输与"二句：语出李商隐《隋宫诗》"于今腐草无萤火，终古垂杨有暮鸦"句。
⑧ 采香：用采香泾典。范成大《吴郡志》："采香泾，在香山之傍小溪也。吴王种香于香山，使美人泛舟于溪以采香。"
⑨ 汉宫传蜡：语出韩翃《寒食》诗"日暮汉宫传蜡烛，轻烟散入五侯家"句。
⑩ 秦镜荧星：语出杜牧《阿房宫赋》"明星荧荧，开妆镜也；绿云扰扰，梳晓鬟也"句。
⑪ 秾华：花木繁盛的样子。《诗经·召南·何彼秾矣》："何彼秾矣，华如桃李。"
⑫ 黄陵：指明太祖陵，在今南京市中山门外。明申时行有《谒黄陵诗》，题注云："都人称高皇帝陵为黄陵。"
⑬ 新亭：在今南京市西南。

作者简介

吕碧城(1883—1943)，原名贤锡，字遁夫、明因，后改字圣因，法号宝莲，别署兰清、信芳词侣、晓珠等，安徽旌德人。近代诗人、政论家、社会活动家。吕碧城姊妹三人并工翰墨，碧城与长姊兼善填词。中年漫游欧美，曾居瑞士山中，宣扬佛法，兼事吟咏。二战中归香港，病卒。她被赞为"近三百年来最后一位女词人"，与秋瑾一同被称为"女子双侠"，曾有过"绛帷独拥人争羡，到处咸推吕碧城"的一大景观。吕碧城著有《晓珠词》《信芳集》《欧美漫游录》等。

二、怀古咏史

> **题　解**
>
> 本词当作于一九三六年岁暮,碧城正途经南京。其时内忧外患,正值国运衰微之际。如此看来,此词并非寄慨清王朝的覆灭,也不是单纯的吊古之作,更饱含着对时局国运的忧心。起三句由眼前之景起兴,展开联想。"犹""旧"照应词题,也引出了下文对今古沧桑变革的感叹。乌衣巷口的斜阳燕子,占据垂杨枝头的寒鸦,都是关乎兴亡的典型意象,惹人唏嘘。下阕继续发思古之幽情,然而过往的繁华毕竟只是虚无,正如那姹紫嫣红的花儿不能长久开放。结尾转入对现实的观照,一派凄风苦雨之景,凄恻哀婉已极。词笔清丽,擅长熔铸前人佳句典故,沉着蕴藉。

· 江南相关知识 ·

新亭

　　新亭,又名中兴亭,于三国时期东吴建成,故址在今江苏省南京市西南三十五里,是建康南部重要的军事堡垒,为建康宫城的南北门户,地处都城西南交通要道,濒临长江,位置险要。这里也是一处风景名胜,风光奇特,有"新亭对泣"的典故流传后世。刘义庆《世说新语·言语》:"过江诸人,每至美日,辄相邀新亭,藉卉饮宴。周侯中坐而叹曰:'风景不殊,正自有山河之异。'皆相视流泪。"《南史·宋纪》载,孝武帝至新亭,即皇帝位,"改新亭为中兴亭"。通常仍称其为新亭。南宋建炎四年(1130),岳飞大破金兀术于此。后毁。

三、节日风俗

木兰花·乙卯①吴兴②寒食③

张　先

龙头舴艋④吴儿⑤竞。笋柱⑥秋千游女并。芳洲拾翠⑦暮忘归，秀野踏青来不定。

行云去后遥山暝。已放笙歌池院静。中庭月色正清明，无数杨花过无影。

* 选自唐圭璋编《全宋词》，北京：中华书局，1965年，第75页。
① 乙卯：指宋神宗熙宁八年(1075)。
② 吴兴：即今浙江省湖州市一带。
③ 寒食：清明前一二天，寒食当天禁烟火，只吃冷食。
④ 舴艋：形似蚱蜢的小船。
⑤ 吴儿：吴地的少年。
⑥ 笋柱：即用竹子做的柱子。
⑦ 拾翠：拾取翠鸟羽毛以为首饰。后多指妇女春日出门游玩。语出三国魏曹植《洛神赋》："或采明珠，或拾翠羽。"

作者简介

张先(990—1078)，字子野，乌程(今浙江省湖州市)人。北宋婉约词派代表人物，其词作意象丰富，以描绘士人生活与男女之情为主。张先为天圣八年(1030)进士，治平元年(1064)以尚书都官郎中致仕。张先有《张子野词》(一名《安陆词》)存世，存词一百八十多首。

题　解

此篇作于宋神宗熙宁八年寒食节，词人退居故乡吴兴。上阕描写吴兴寒食风俗：吴地少年赛舟，妇女踏春出行，各路游人往来络绎不绝，欢声

江南词

笑语隐约可闻。下阕写游人散去、春夜月色皎洁动人之景。池院无人，更加衬托气氛幽静，遥遥远山随着天光的昏暗而变得轮廓模糊，庭院中月色清明，细小的柳絮在空中飞舞，看不见影子。从细处着手，对于生活情境的观察入微是文学家的基本功，词人在明媚的春日出行，与民众共度寒食，夜晚独自坐于庭中，又可静观恬淡月影，足可见词人高尚雅致的生活情趣。

集 评

张子野吴兴寒食词"中庭月色正清明，无数杨花过无影"，余尝叹其工绝，世所传"三影"之上。（清朱彝尊《静志居诗话》）

青玉案·元夕

辛弃疾

东风夜放花千树①。更吹落、星如雨②。宝马雕车香满路。凤箫声动，玉壶③光转，一夜鱼龙舞④。

蛾儿雪柳黄金缕⑤。笑语盈盈暗香去。众里寻他千百度。蓦然回首，那人却在，灯火阑珊处。

* 选自唐圭璋编《全宋词》，北京：中华书局，1965年，第1884页。
① 花千树：花灯之多如千树开花。
② 星如雨：指焰火纷纷，乱落如雨。
③ 玉壶：指明月。
④ 鱼龙舞：指舞动鱼形、龙形的彩灯。
⑤ 蛾儿雪柳黄金缕：古代妇女元宵节时头上佩戴的各种装饰品。这里指盛装的妇女。

题 解

　　这首词作于宋淳熙元年或二年,词人刚从北方投奔到南宋,在南宋的都城临安创作。这首词除最后一句以外,都在极力渲染元宵节绚丽多彩的热闹场面。经过人群中长时间的寻寻觅觅,最后,才在灯火阑珊的角落里,找到被冷对却似有等待的"那人",辛弃疾正是借"那人"来表达自己不愿随波逐流,自甘寂寞的孤高性格。

集 评

　　星中织女,亦复吹落人世。(明卓人月、徐士俊辑《古今词统》)

　　题甚秀丽,措辞亦工绝,而其气仍是雄劲飞舞,绝大手段。(清陈廷焯《云韶集》)

　　艳体亦以气行之,是稼轩本色。(清陈廷焯《词则》)

　　古今之成大事业、大学问者,必经过三种之境界。"昨夜西风凋碧树,独上高楼,望尽天涯路",此第一境也。"衣带渐宽终不悔,为伊消得人憔悴",此第二境也。"众里寻他千百度,回头蓦见,那人却在灯火阑珊处",此第三境也。此等语皆非大词人不能道。(清王国维《人间词话》)

鹧鸪天·元夕有所梦

姜　夔

　　肥水①东流无尽期。当初不合②种相思。梦中未比丹青③见,暗里忽惊山鸟啼。

　　春未绿,鬓先丝。人间别久不成悲。谁教岁岁红莲夜④,两处沉吟各自知。

* 选自唐圭璋编《全宋词》,北京:中华书局,1965年,第2173页。

① 肥水:源出安徽省合肥市西北,分东西两支,东流经合肥入巢湖,西流经寿县入滩。此指东流的一支。

② 合:应该。

③ 丹青:画像。

④ 红莲夜:指元宵灯节。红莲,指灯节的花灯。

题 解

姜夔青年时代在合肥曾有一段情缘,后来在辗转漂泊中,写过不少怀念合肥情人的词作。宋宁宗庆元三年(1197)的元宵夜,姜夔梦见了旧日情人,遂作此词,那时距离合肥初遇已过去二十多年。元宵节是古代男女相会的情人节,而姜夔的情人只能面目不清地出现在他的梦中,年年重复的相思已经有了"别久不成悲"的麻木之感,不由心生"早知如此绊人心,何如当初莫相识"之叹。

集 评

案所梦即《淡黄柳》之小桥宅中人也。(惠淇源《婉约词》引《白石道人年谱》)

红莲谓灯,此可与《丁未元日金陵江上感梦》之作参看。(惠淇源《婉约词》引《郑校白石道人歌曲》)

澡兰香·林钟羽淮安重午

吴文英

盘丝系腕①,巧篆②垂簪,玉隐绀纱③睡觉。银瓶④露井,彩箑⑤

云窗,往事少年依约。为当时、曾写榴裙⑥,伤心红绡褪萼。黍梦⑦光阴渐老,汀洲烟蒻⑧。

莫唱江南古调,怨抑难招,楚江沉魄⑨。薰风燕乳⑩,暗雨梅黄,午镜⑪澡兰⑫帘幕。念秦楼、也拟人归,应剪菖蒲自酌。但怅望、一缕新蟾⑬,随人天角。

* 选自唐圭璋编《全宋词》,北京:中华书局,1965年,第2901页。
① 盘丝系腕:端午习俗,在腕上系五色丝线,又称"长命缕"。
② 巧篆:端午将朱书写在胸口,用以祛除疾病。
③ 绀纱:绀青色的纱帐。
④ 银瓶:汲水用具。
⑤ 箑:扇子。
⑥ 榴裙:石榴裙。在裙上写字系用南朝羊欣典故,王献之到羊欣家,羊欣着新绢白裙午睡,王献之在裙上书写数幅而去。
⑦ 黍梦:用唐沈既济传奇小说《枕中记》典故,后引申为"黄粱一梦"。
⑧ 蒻:蒲草新叶。
⑨ "莫唱"三句:用战国楚屈原典故。屈原所作《楚辞·招魂》中有句"魂归来兮哀江南",后其自沉汨罗江,此处"楚江沈魄"即指屈原。
⑩ 燕乳:即乳燕。
⑪ 午镜:端午午时悬挂的镜子。
⑫ 澡兰:端午习俗,用兰汤洗浴。
⑬ 新蟾:新月。

作者简介

吴文英(约1200—1260),字君特,号梦窗,晚年又号觉翁,四明(今浙江省宁波市)人。一生未及第,终身为幕僚。其大部分人生都在江南度过,于苏州、杭州、越州三地居留最久。吴文英词风柔婉含蓄,炼字独特,

江南词

作品见于《梦窗词集》。

题 解

此词着笔描绘江南端午节日风俗,亦是怀念爱姬之作。上阕从"盘丝系腕"入手,写吴地将彩色丝线系在手腕上、用朱砂在心前写字等习俗,实际上是当年词人与爱姬共度节日之情事。"玉隐绀纱睡觉"则点出这一段旖旎往事。下接"银瓶"等句,点出"往事""少年"等要素,又用王献之写羊欣白裙典故,写当时自己的狂放不羁。而改白裙为红裙一笔,既更符合女子衣着,又为"伤心红绡褪萼"作了准备,写当时爱人此时已经离去。如同黄粱一梦般,词人自己也似乎在转瞬之间老去,而汀州蒻叶新生,一旧一新呼应,更添荒凉伤感之情。下阕过片用屈原典故,特别提点《招魂》一篇,说明故人难招,词人的心也似楚江沉魄一般不断下坠。词篇未完,"薰风燕乳"写今日端午景致,热闹欢娱,是以乐景写哀情之典型。接下来一韵,系从爱姬角度写来,设想她在秦楼上剪菖蒲、自斟自饮。最后一韵,转回现实,只有词人一人独自怅惘,望着新月哀叹。全词结构复杂,韵与韵、上下阕之间结构的疏密、虚实恰到好处,看似节俗词篇,实则境界悠远,耐人寻味。

集 评

此怀旧之赋也。起五句全叙往事,至第六句点出写裙,是睡中事。……后片纯是空中设景,主意在"念秦楼、也拟人归"一句。"归"字紧与"招"字相应,言家人望已归,如宋玉之招屈原也。(陈洵《海绡说词》)

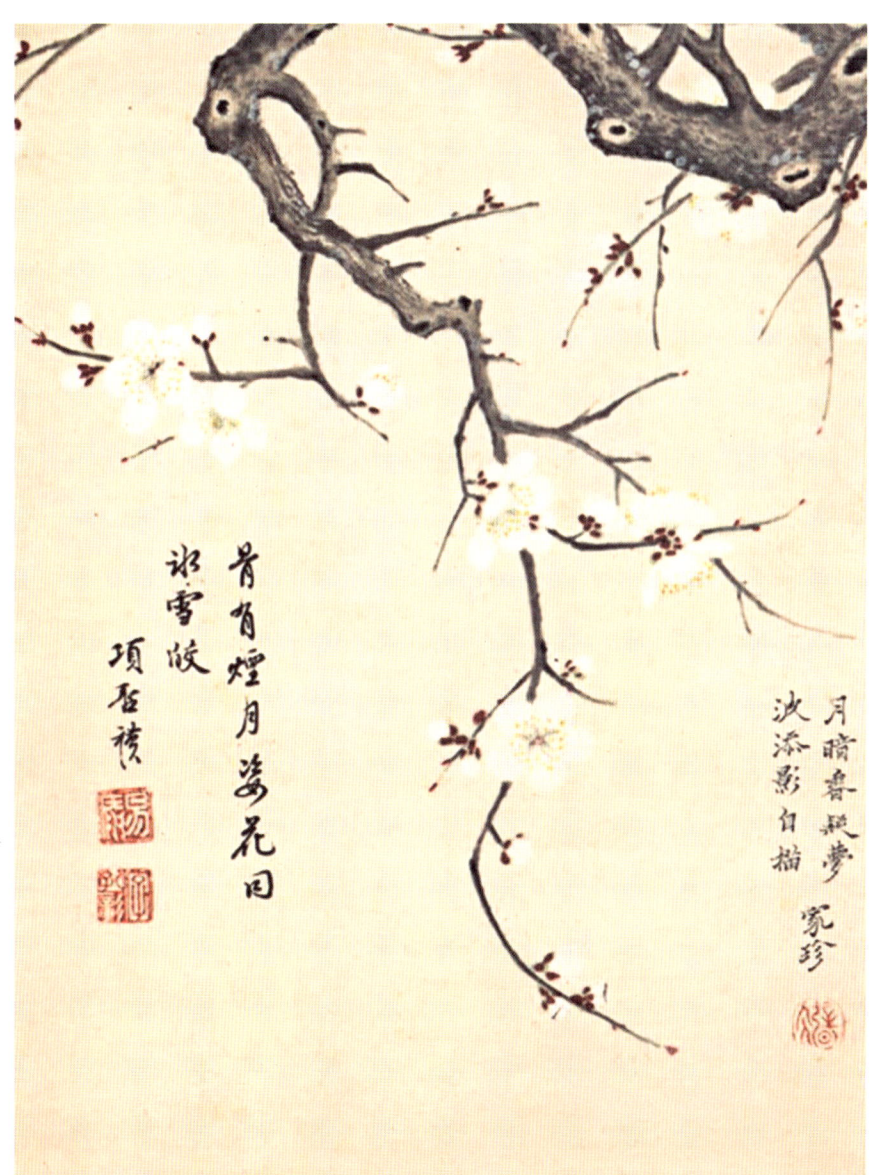

旗斜矗矗綠舟雲淡星河鷺起圖畫難足念
自昔豪華競逐嘆門外樓頭悲恨相續千古
憑高對此謾嗟榮辱六朝舊事隨流水但寒
烟衰草凝綠至今商女猶歌後庭遺曲

浣溪沙集句

百畝庭中半是苔門前古道水縈廻愛閒能
有幾人來 小院回廊人寂寂山桃野杏兩
三栽爲誰落零爲誰開

千秋歲引秋景

別館寒砧孤城畫角一派秋聲入家廓東歸

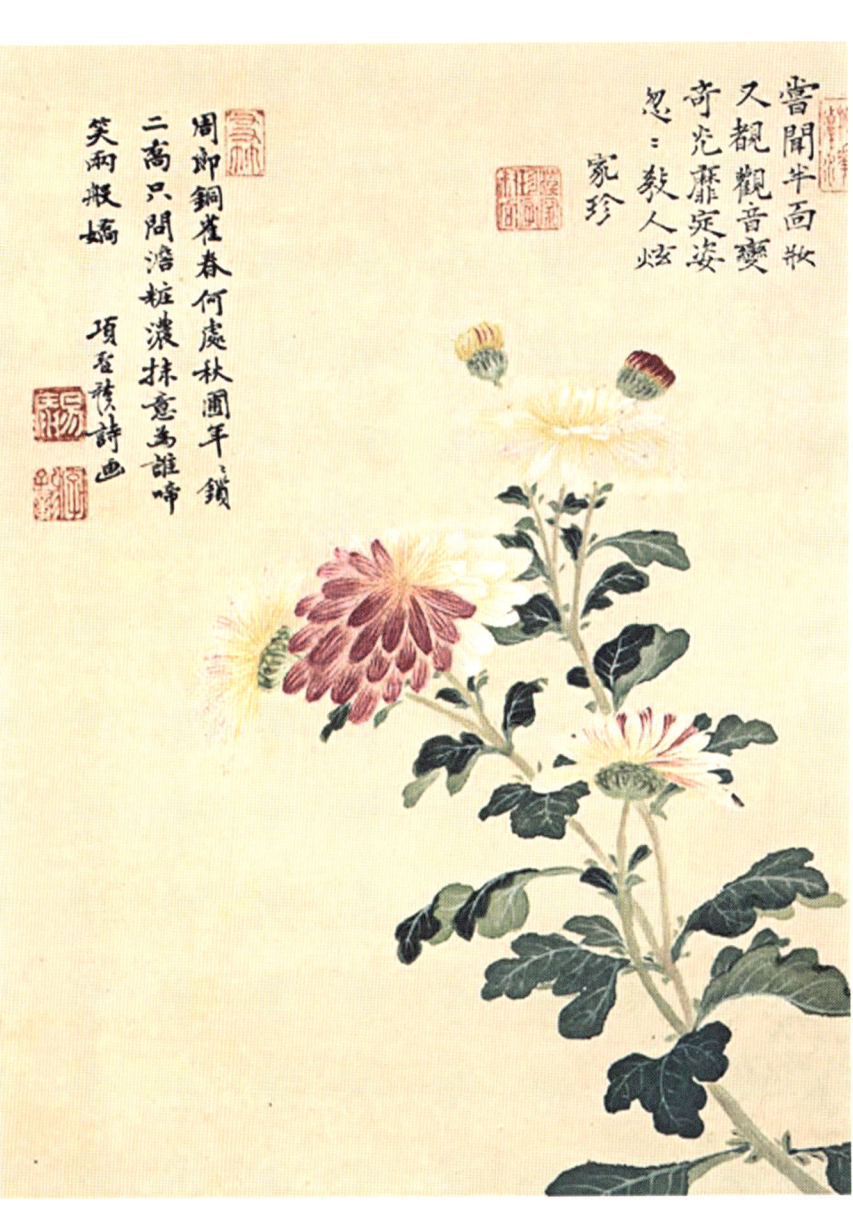

龍涎燒就沈水薰成分明亂屑瓊瑰一朵才開入家十里先知此花大卽不大有許多瀟灑清奇較量盡諸勝如茉莉趁得酴醾更被秋光撥送微放些月照著陣風吹惱殺多情猛判沈醉酬伊朝朝暮暮守定儘忙時也不相離睡夢裏膽瓶兒枕畔數枝

菩薩蠻

江城烽火連三月不堪對酒江亭別休作斷腸聲老來無淚傾 風高帆影疾目送舟痕碧錦字幾時來熏風無鴈回

三、节日风俗

御街行·中秋

严绳孙

算来不似萧萧雨①。有个安愁处。而今把酒问姮娥,是甚广寒心绪②。只轮飞上,天街③似水,不管人羁旅④。

霓裳⑤罢按当时谱。一片青砧路⑥。西风白骑几人归,肠断绿窗⑦儿女。数声角罢,楼船月偃⑧,雁落潇湘去。

* 选自南京大学中国语言文学系《全清词》编纂研究室编《全清词·顺康卷》,北京:中华书局,2002年,第3669页。

① 算来:推测起来。萧萧,象声词,形容风雨声。
② "而今"句:嫦娥。广寒,传说嫦娥奔月,居于广寒宫。辛弃疾《太常引》:"把酒问姮娥,被白发、欺人奈何。"
③ 天街:京城中的街道。唐韩愈《早春呈水部张十八员外》:"天街小雨润如酥,草色遥看近却无。"
④ 这句是说,明月当空,将流光撒遍人间,却不管会在游子心头激起多少波澜。
⑤ 霓裳:即《霓裳羽衣曲》,唐代乐曲名。
⑥ "一片"句:路上传来一片捣衣声。砧,捣衣石。
⑦ 绿窗:指女子居室。唐聂夷中《相和歌辞·乌夜啼》:"还应知妾恨,故向绿窗啼。"
⑧ 偃:隐藏。

作者简介

严绳孙(1623—1702),字荪友,号秋水,后号藕渔,又作藕塘渔人,江苏无锡人。康熙十八年(1679),被荐应博学鸿词科试,临试因目疾仅赋《省耕诗》一首退场。康熙以"素重其名"特擢置二等末,授翰林院检讨,与修《明史》,纂《隐逸传》。严绳孙性高旷,淡荣利,早年曾与朱彝尊、李因笃、潘耒并称"四布衣",晚年筑"雨青草堂",以书画著述终老。其诗"婉约深秀,独标神韵",其词清逸闲雅,不事雕琢,词有《秋水词》二卷,著有《秋水集》。

题解

严绳孙是清词小令的名家,厉鹗《论词绝句》曾称许道:"闲情何碍写云蓝,淡处翻浓我未谙。独有藕渔工小令,不教贺老占江南。"这首小词以中秋为题,抒发离人之情,写得潇洒流畅,颇具韵味。开篇别出心裁,与通常中秋盼晴月相反,深以不雨为憾,仿佛雨天能给予愁心些许安慰。而今夜偏偏不雨,作者引嫦娥为同病相怜者,嗔怪一轮不管人间别离之苦的明月。下阕写当日欢娱不再,仅余一片令游子伤怀的砧声。"西风白骑几人归",实即无人归。遥想家中妻儿,定在残角雁影之中忍受思念之苦。结句以景点情,扣住词题"秋"字,用透过一层的笔法来写,出语平淡雅净、自然流宕,寓意别致。

集评

《柳塘词话》曰:余于《秋水词》中,见荪友所制娟娟静好,行役寄情如此,亦词品之最上乘也。(清沈雄《古今词话》)

凤擅三绝称,诗词尤鲜洁。……二词(指其《御街行·中秋》及《菩萨蛮》)似有所讽,顾选家均遗之。(清丁绍仪《听秋声馆词话》)

百字令·丁酉清明

厉 鹗

春光老去①,恨年年心事,春能拘管②。永日③空园双燕语,折尽柳条④长短。白眼⑤看天,青袍似草⑥,最觉当歌懒。悄悄⑦门巷,落花早又吹满。

凝想烟月当时,饧箫⑧旧市,惯逐嬉春伴⑨。一自笑桃人⑩去后,几叶碧云深浅。乱掷榆钱⑪,细垂桐乳⑫,尚惹游丝⑬转。望中何处,那堪天远山远。

* 选自张宏生编《全清词·雍乾卷》,南京:南京大学出版社,2012年,第232页。

① 春光老去:春天将要过去。
② 拘管:拘束管理。
③ 永日:长日,整天。
④ 折尽柳条:古时人离别时,常以折柳相赠,此言离情之浓。
⑤ 白眼:眼睛向上或旁边看,现出眼白表示鄙薄或憎恶。《晋书·阮籍传》:"籍又能为青白眼,见礼俗之士,以白眼对之。及嵇喜来吊,籍作白眼,喜不怿而退。喜弟康闻之,乃赍酒挟琴造焉,籍大悦,乃见青眼。"
⑥ 青袍似草:用李商隐《春日寄怀》"青袍似草年年定,白发如丝日日新"句。此用其诗意,指身份卑微,不遇于时。青袍,古代低级官员的服色。
⑦ 悄悄:幽深寂静。柳恽《乐府》:"玉壶夜悄悄,应门重且深。"
⑧ 饧箫:旧时在市上卖糖的人常边卖糖边吹箫,以招徕顾客。饧,饴糖类食物名,用麦芽或谷芽之类熬成。
⑨ "惯逐"句:常与游春的伴侣互相追逐嬉戏。
⑩ 桃人:面如桃花的美人,此处借用崔护《题都城南庄》诗意。
⑪ 乱掷榆钱:榆钱纷纷落地的样子。榆钱,即榆荚,榆树的果实。
⑫ 桐乳:指桐子,状如乳形,故名。《庄子》:"空门来风,桐乳致巢。"司马彪注曰:"桐子似乳,著其叶而生。"
⑬ 游丝:飘动着的蛛丝。

题 解

词题"丁酉清明",丁酉年即康熙五十六年(1717)。作者生于康熙三十一年,是年二十六岁。词中抒写了作者春暮怀人的幽情别绪。上阕从暮春睹物思人写起,描述了困顿颠踬的自身境遇。"白眼看天,青袍似草"一句被认为是厉鹗词中最属挺拔的句式,一直抒一隐曲,顿挫间韵味深长。下阕回忆当初与恋人欢聚的情景,抚今追昔,伤感倍增。诗词中常见的"桃花人面"这一老题材,词人却写得态浓意远,另有一番风味。结句思念之情达到顶峰,"天远山远"云云,读来荡气回肠,迷离惝恍。此词以刻画细腻的动态心理见长,辞采清新雅洁,格调幽香冷艳,虽含蓄而不艰涩。

集 评

忍俊不禁。(清谭献《箧中词》)

丑奴儿慢·春日

黄景仁

日日登楼,一换一番春色。者似卷如流①,春日谁道迟迟②?一片野风吹草,草背白烟飞③。颓墙左侧,小桃放了,没个人知。

徘徊花下,分明认得,三五年时④。是何人挑将竹泪⑤,黏上空枝。请试低头,影儿憔悴浸春池。此间深处,是伊归路,莫学相思。

* 选自清黄景仁著、李国章标点《两当轩集》,上海:上海古籍出版社,1983年,第393页。

① 者:即"这"。似卷,如席卷之速。

② 迟迟:和缓之貌,指春光流逝迟迟缓缓。《诗·豳风·七月》:"春日迟迟,采繁祁祁。"这里反用其意。

③ 草背白烟飞:春日芳草上烟雾迷蒙。

④ 三五年时：十五岁时。此当指十五岁时与恋人"徘徊花下"的经历。

⑤ 竹泪：指竹上的露滴，代指眼泪。相传舜死于苍梧之野，他的两位妃子娥皇与女英泪洒于竹，故后世文人以泪为"竹泪"。

作者简介

黄景仁(1749—1783)，字仲则，一字汉镛，自号鹿菲子，小名高生，武进(今属江苏省常州市)人。一生坎坷，多愁善感，贫病交加。诗负盛名，和王昙并称"二仲"，和洪亮吉并称"二俊"，为"毗陵七子"之一。诗作多抒发穷愁不遇、寂寞凄怆之情怀，也有愤世嫉俗的篇章，七言诗极有特色。亦能词，王昶《黄仲则墓志铭》云："词出于辛、柳间，新警略如其诗。"黄景仁著有《两当轩集》，词集单行者曰《竹眠词》，亦名《悔存词钞》《两当轩诗余》。

题 解

此词为黄景仁的代表作，今人选本中多有收录，但若仅以咏春词视之，未免失于皮相。此当是作者在春光的流逝中，对过去一场爱情悲剧的追忆与伤悼。开篇即一反常人地写在姹紫嫣红中欢欣雀跃的感受，而笼罩着悲观孤寂的气氛，词人由韶光易逝想到青春难驻，引起了对往日春情的追忆。颓墙侧那株明艳的桃花，本应受人眷顾，却开放了也"没个人知"，与词人此时的心境相合。下阕词人的悲慨之由趋于明朗。徘徊花下，分明记得十五岁时与恋人相会于此的情景，是何人将"竹泪"粘上"空枝"？结句"莫学相思"则是反说，词人故作决绝，却正让人见出其一往情深。全词抒情沉厚，而又不粘不滞，于议论、叙忆中抒情，情致起伏，哀婉动人。

江南词

集　评

　　春光渐老,诵黄仲则词"日日登楼,一换一番春色,者似卷如流春日,谁道迟迟。"不禁黯然。初月侵帘。逡巡徐步,遂出南门旷野舒眺,安得拉竹林诸人,作幕天席地之游。(清谭献《复堂词话》)

　　名作。于律太疏。(清谭献《箧中词》)

　　此一词不过偶有所合耳,亦非超绝之作。(清陈廷焯《白雨斋词话》)

四、咏物

解连环·孤雁

张 炎

楚江空晚。怅离群万里,恍然①惊散。自顾影、却下寒塘②,正沙净草枯,水平天远。写不成书,只寄得、相思一点③。料因循④误了,残毡拥雪⑤,故人心眼。

谁怜旅愁荏苒⑥。谩长门⑦夜悄,锦筝⑧弹怨。想伴侣、犹宿芦花,也曾念春前,去程应转⑨。暮雨相呼,怕蓦地、玉关⑩重见。未羞他、双燕归来,画帘半卷。

* 选自唐圭璋编《全宋词》,北京:中华书局,1965年,第3470页。
① 恍然:怅然若失的样子。
② 却下寒塘:典出唐崔涂《孤雁》"暮雨相呼失,寒塘欲下迟"句。
③ "写不"三句:大雁飞时行列整齐如字,但孤雁单飞不成字,只像一个"点",故云。
④ 因循:迟延。
⑤ 残毡拥雪:用苏武的典故。《汉书·苏武传》:"幽武置大窖中,绝不饮食。天雨雪,武卧啮雪与毡毛并咽之,数日不死。匈奴以为神,乃徙武北海上无人处,使牧羝,羝乳,乃得归。"此指有气节、守节不屈的南宋人物。
⑥ 荏苒:指时光流逝。
⑦ 长门:汉宫名。汉武帝陈皇后被废后幽居于此。此以冷宫之怨形容孤雁失伴离群之痛。
⑧ 锦筝:筝的美称。
⑨ 去程应转:大雁为候鸟,秋至南徙,春来北归,故曰"应转"。
⑩ 玉关:玉门关的简称。

作者简介

张炎(1248—1320),字叔夏,号玉田,又号乐笑翁。祖籍陕西凤翔,寓居临安(今浙江省杭州市)。南宋著名词人,与周密、王沂孙为词友。前半生家境富裕,宋亡后家道中落,漂泊无定,游于金陵、苏杭一带。论词专尊姜夔,主张"清空""骚雅"。其有词论著作《词源》,词集有《山中白云词》。

江南词

题 解

《解连环》,词牌名,又名《望梅》《杏梁燕》。词咏离群之孤雁,实则借孤雁寄托作者在宋亡之后漂泊无定的伤感情绪。作者在上阕将孤雁放置在空旷、昏暗的水天之间,愈发突出孤雁离群后的孤独,着重表现了孤雁的内心世界。"自顾影"又写出了孤雁自我垂怜的样貌。其实,写雁也是写人,离群孤雁的顾影自怜正如南宋遗民的孤苦无依。下阕则借陈皇后之典表现孤雁的哀怨。随后笔锋一转,写孤雁怕在玉门关突然见到同伴而不胜喜悦。到那时,见到双宿双飞的燕子,也不会觉得艳羡与羞惭了。此句意谓作者盼北上的友人不仕元朝,期待他们南归与自己为伴。这一心愿若得以实现,那就不必羡慕双归的燕子了。此篇为咏物词的名篇,人皆称张炎为"张孤雁"。

集 评

乐笑翁张炎词如"荒桥断浦,柳荫撑出渔舟小",赋春水入画。其咏孤雁云:"自顾影、却下寒塘,正沙净草枯,水平天远。写不成书,只寄得、相思一点。"如此等语,虽丹青难画矣。(清王弈清等《历代诗余》)

西泠词客石帚而外,首数玉田。论者以为堪与白石老仙相鼓吹,要其登堂拔帜,又自壁垒一新。盖白石硬语盘空,时露锋芒;玉田则返虚入浑,不啻嚼蕊吹香。……皆遣声赴节,好句如仙。其余前辈风流,政如佛家夺舍。盖自马塍宿草,骚雅寝衰。王孙以晚出之英,颉之颃之,遗貌取神,遂相伯仲。故知虎贲之似中郎,终嫌皮相。而善学柳下惠,莫如鲁男子也。(清邓廷桢《双砚斋词话》)

张炎词:"写不成书,只寄相思一点。"沈昆词:"奈一绳雁影斜飞,点点又成心字。"周星誉词:"无赖是秋鸿,但写人人,不写人何处。"三词咏雁字,各具巧思,皆不落恒蹊。(清李佳《左庵词话》)

四、咏　物

摸鱼儿·莼①

王沂孙

玉帘②寒、翠痕微断，浮空清影零碎。碧芽也抱春洲怨③，双卷小缄芳字。还又似。系罗带相思，几点青钿④缀。吴中旧事。怅酪乳争奇⑤，鲈鱼谩好⑥，谁与共秋醉。

江湖兴，昨夜西风又起。年年轻误归计。如今不怕归无准，却怕故人千里。何况是。正落日垂虹⑦，怎赋登临意。沧浪梦里。纵一舸重游，孤怀暗老，余恨渺烟水⑧。

* 选自唐圭璋编《全宋词》，北京：中华书局，1965年，第3362页。
① 莼：即莼菜。
② 玉帘：比喻水中如水晶帘一般稠密浮动的莼茎。
③ 春洲怨：闺怨。
④ 青钿：比喻莼叶。钿，女子首饰。
⑤ 酪乳争奇：用西晋陆机典故，指莼羹之味胜过乳酪。语见《世说新语·言语》：陆机见王武子，王武子前置数斛羊酪，问陆机江东何以敌羊酪，陆机云"有千里莼羹，但未下盐豉耳"。
⑥ 鲈鱼谩好：用西晋张翰典故，由莼羹言及鲈鱼，道鲈鱼味美。语见《世说新语·识鉴》：张翰在洛阳，秋天将至，其因思念吴中菰菜、莼羹、鲈鱼而辞官回乡。
⑦ 垂虹：指垂虹桥，位于今江苏省吴江市。
⑧ 余恨渺烟水：词人的心绪愁思就如同烟水一般浩渺无尽。

· 作者简介 ·

王沂孙（生卒年不详，约1230—1291），字圣与，又字咏道，号碧山，又号中仙，家住玉笥山，故又号玉笥山人，南宋会稽（今浙江省绍兴市）人。王沂孙曾任庆元路学正。王沂孙工词，其咏物词又最负盛名，章法缜密，词风与周邦彦、姜夔有相似之处，与周密、张炎、蒋捷并称"宋末词坛四大家"。王沂孙有词集《碧山乐府》存世，一称《花外集》。

江南词

> **题 解**

　　此篇咏莼,除去词题,却通篇不见"莼"字,符合咏物词特点。上阕主要赋物,从莼菜的茎开始,继而描写莼的嫩芽与叶,工笔摹写莼之形状,用词精致优美。"吴中"句开始引用与莼相关的典故,写尽吴中旧事。过片用张翰典故,随之写自己漂泊在外,早已心生归计,却年复一年地"轻误",似生归隐之意。"如今"二句又直笔写归去却怕与友人相隔千里的心理矛盾,此时正见落日映于垂虹桥上,词人心中百转千回,难以言语,便以"怎赋"二字统括。"纵一舸"三句作为收束前篇的结语,颇有泛舟故地之心。然而时过境迁,已是物是人非,词人愁思就如一湾烟水,起伏不定、浩渺难消。

> **集 评**

　　疏淡中见沉着,笔意自高。(清陈廷焯《词则》)
　　碧山咏莼云:"碧芽也抱春洲怨,双卷小缄芳字。"下云:"江湖兴,昨夜西风又起,年年轻误归计。如今不怕归无准,却怕故人千里。"玉田《长亭怨》云:"故人何许。浑忘了、江南旧雨。"下云:"如今又、京国寻春,定应被、薇花留住。"自甘终隐,而亦不愿其友之枉道徇人,同一用意忠厚。(清陈廷焯《白雨斋词话》)

> **江南相关知识**

莼菜

　　莼菜,又名锦带、马蹄菜、湖菜等,多年生水生宿根草本植物。性喜温暖,适宜于清水水域生长。莼菜嫩叶可食用,以滑嫩鲜美闻名。因西晋吴郡吴县(今江苏省苏州市)出身的张翰于洛阳见秋风起,思念吴中菰菜、莼羹、鲈脍,遂辞官回乡。后来,莼菜已经成为吴中文人思乡怀乡的经典意象。

四、咏 物

木兰花慢·杨花

张惠言

尽飘零尽了①,何人解、当花看。正风避重帘②,雨回深幕③,云护轻幡④。寻他一春伴侣,只断红⑤、相识夕阳间。未忍无声委地,将低重又飞还⑥。

疏狂情性算凄凉,耐得到春阑⑦。便月地和梅,花天伴雪,合称清寒。收将十分春恨,做一天、愁影绕云山。看取青青池畔,泪痕点点凝斑⑧。

* 选自清张惠言著、黄立新校点《茗柯文编》,上海:上海古籍出版社,2015年,第252页。

① 尽:任凭。

② 重帘:一层层帘幕。

③ 深幕:即帐幕。宋赵彦瑞《琴调相思引·临别余干席上作》有"小庭深幕堕娇云"句。

④ 轻幡:指护花幡,传说中一种保护花木的旗帜。郑还古《博异记》:崔玄徽月夜遇美人,中有封家十八姨。一女对崔说:诸女伴皆住苑中,每被恶风所挠,常求十八姨相庇,处士每岁旦作一朱幡,图日月五星,则免矣。崔如言。次日东风刮地,折木摧花,唯苑中花不动。崔乃悟诸女乃花精,封家姨则风神也。

⑤ 断红:指落花。

⑥ "未忍"二句:章质夫《水龙吟·杨花》有"傍珠帘散漫,垂垂欲下,依前被风扶起"句。苏轼《水龙吟·次韵章质夫杨花词》有"梦随风万里,寻郎去处,又还被、莺呼起"句。此化用其意。委地,坠落。

⑦ 春阑:春意阑珊,指春尽,春残。

⑧ "看取"二句:从苏轼"细看来,不是杨花,点点是离人泪"(《水龙吟·次韵章质夫杨花词》)化出。

江南词

作者简介

张惠言(1761—1802),字皋文,号茗柯,初名一鸣,武进(今江苏省常州市)人。嘉庆四年(1799)进士,改庶吉士,后授翰林院编修。清代经学家、古文家、辞赋家、著名词人。文与恽敬同为"阳湖派"之首,词为"常州词派"创始。论词以"意内而言外"为主,取法风骚,重比兴、重寄托、重讽喻。其自作词词风俊逸沉郁,意旨隐晦深沉。所辑《词选》,对"常州词派"的形成和清词风格的变化颇有影响。张惠言著有《周易虞氏义》《虞氏易言》《仪礼图》《茗柯文》等,另辑有《七十家赋钞》,有《茗柯词》一卷。

题解

历来咏杨花词不乏名作,苏轼《水龙吟·次韵章质夫杨花词》珠玉在前,被张炎评为"压倒古今"。张惠言这首词是同题之作,但有自己的独创性,基本上脱去了前人窠臼。词从杨花的飘零写起,表现了杨花的孤寂与落寞。"风避重帘,雨回深幕,云护轻幡"三句对仗极工,既是对杨花坎坷遭遇的临写,更寄寓着人生的悲酸。歇拍二句写杨花于低沉中振起,坚韧不拔,令人鼓舞。过片直抒杨花情性,表明它能耐凄凉寂寞,清寒之质不让梅雪。虽终不免含春恨而凋零,然其抗争的姿态凛然可见。全词形神俱现,情感沉郁,将杨花与人相关合,物我一体,是作者比兴寄托创作的绝好实践。

集评

撷两宋之菁英。(清谭献《箧中词》)

四、咏　物

瑞鹤仙·落梅

郑文焯

虎山桥①下水。问几时销尽,伤春清泪。花前旧吟袂。绕阑干②如梦,东风还是。相思未寄。荐青尊③、高寒自倚。恁飘零、画角④声中,忍见送春桃李。

何意。烟横雪乱⑤,数点芳心,为谁憔悴。苔茵⑥漫缀。无人见,断魂地。叹垂垂一树,江南遗恨,不到灵均楚佩⑦。但黄昏、写照空池,两三瘦蕊。

＊选自《清代诗文集汇编》编纂委员会编《清代诗文集汇编》,上海:上海古籍出版社,2010年,第782册第493页。

① 虎山桥:在今江苏省苏州市。
② 阑干:古代建筑物附加的用竹、木、金属或石头等制成的遮拦物,亦作"栏杆"。
③ 青尊:盛酒的酒杯。酒别名绿蚁,故称。
④ 画角:古管乐器,传自西羌。形如竹筒,本细末大,以竹木或皮革等制成,因表面有彩绘,故称。其发声哀厉高亢,古时军中吹角以为昏明之节。
⑤ 雪乱:指梅花如雪片纷飞。李煜《清平乐》:"砌下落梅如雪乱,拂了一身还满。"
⑥ 苔茵:青苔满布如茵席。唐顾况《送友人失意南归》:"邻荒收酒幔,屋古布苔茵。"
⑦ "叹垂垂"三句:意谓这一树梅花空自凋零,遗憾的是不能成为《楚辞》中屈原佩戴的香草饰物。

作者简介

郑文焯(1856—1918),字俊臣,号小坡,又号叔问、冷红词客、大鹤山人、鹤道人,铁岭(今辽宁省铁岭市)人,光绪元年举人。郑文焯工诗词,擅医道,又精于金石书画、音律乐理,兼通园艺,特以词名,与朱祖谋、况周颐、王鹏运并为"清末四大家"。著有《大鹤山人全书》，其中收《瘦碧词》《冷红词》《比竹余音》《樵风乐府》《苕雅余集》五种词集，另有《词源斠律》及其他著作多种。

题 解

　　这首词借咏落梅抒发词人感伤时事却无力为之的情愫。上阕写暮春梅落。那花自飘零、水自东流的孤独是词人自我的写照，只能独自凭栏，把酒自醉，以遣愁怀。下阕进一步追问，落梅的憔悴何尝不是词人的憔悴。二者都自许高洁，愿以屈原的品格为依傍，无奈不为俗世所容，只能暗自伤悼，空度时光。该词词调哀伤清丽，饱含惆怅，表达了词人秉持自守，不同流俗的思想感情。

江南相关知识

虎山桥

　　虎山桥位于吴县光福镇（属江苏省苏州市）北，跨龟山、虎山之间下淹湖入口处，原为五孔石拱桥。南宋嘉泰间重建；元泰定间改为三孔，改名泰定桥；明代复改为五孔石拱桥；清顺治年间又改建为三孔石拱桥。民国时期，该桥坍塌；1949年后，改为水泥平桥。此处风景绝佳，明周永年有《虎山桥》诗咏之。

稱金屋貯嬌慵

提要總作窗云唾碧窗噴花茸句音律不叶文義亦不可解接姚子箋鈔本作碧窗唾噴花茸

霜花腴 重陽前一日泛石湖

翠微路窄醉晚風憑誰爲整敧冠霜飽花腴燭銷人瘦

秋光做也都難病懷強寬恨雁聲偏落歌前記年時舊

宿淒涼莫煙秋雨野橋寒 妝靨鬢英爭豔度清商一

曲暗墜金蟬芳節多陰蘭情稀會晴暉稱拂吟牋更移

畫船引佩環邀下嬋娟算明朝未了重陽紫萸應耐看

歌前藥譜作尊前

處一憑欄燕子斜陽來又去如此江山

鵲橋仙鞋

湖菱烏角渚蓮紅瓣不比幫兒還瘦拈來直是小舩
船只合借燈前行酒春陽花底春泥陌上最好踏
青時候假饒無意把人看又何用明金壓繡

玉樓春

殘霞散盡魚天錦臥柳門前萍葉浸畫梁塵填燕空
歸露井風多蛩未褒悲秋楚客今逾甚那有閒情
拼夜飲屏山凝聯已無存何況玉鏤金帶枕

踏莎行敘

五、行旅送别

朝中措·送刘仲原甫出守维扬

欧阳修

平山①阑槛倚晴空。山色有无中②。手种堂前垂柳③,别来几度春风。

文章太守④,挥毫万字,一饮千钟⑤。行乐直须年少,尊前看取衰翁⑥。

* 选自唐圭璋编《全宋词》,北京:中华书局,1965年,第122页。

① 平山:平山堂,庆历八年(1048),欧阳修任扬州知府时所建。《舆地纪胜》记载:"(平山堂)在大明寺侧。负堂而望,江南诸山,拱列檐下,故名"。阑槛,即栏杆。

② 山色有无中:出自王维《汉江临眺》"江流天地外,山色有无中"句,谓江南远山迷蒙,若有若无。

③ 堂前垂柳:见张邦基《墨庄漫录》"扬州蜀冈上大明寺平山堂前,欧阳文忠手植柳一株,谓之欧公柳"句。

④ 文章太守:指刘原甫。刘原甫善于作文,《宋史·列传第七十八》:"为文尤赡敏。……立马却坐,顷之,九制(即诏书)成。欧阳修每于书有疑,折简来问,对其使挥笔,答之不停手,修服其博。长于《春秋》,为书四十卷,行于时。"

⑤ 钟:即酒盅。

⑥ "尊前"句:尊,酒杯。取,无实义。衰翁,作者自指,此时欧阳修年近五十,以衰翁自称,颇带戏谑意味。

题 解

此词作于宋仁宗嘉祐元年(1056),刘原甫出守扬州,欧阳修填此词赠之。刘仲原甫,即刘原甫,名敞,临江新喻(今属江西省)人。原甫是他的字,因在兄弟中排行第二,故称仲。维扬,即今江苏省扬州市。八年前,欧阳修亦做过扬州太守,对扬州十分熟悉,并在扬州建了平山堂,故首句以平山堂开端,并引王维成句,写从平山堂眺望可得的美景山色,语中带有怀恋之情。下阕则转而写刘敞的文采风流，劝其年少应及时行乐，而自己已经到了"衰翁"的年纪，没法潇洒自如地行乐了。末句既是戏谑之词，又是作者的人生感慨。全词不落送别词之俗套，由自己在扬州时的回忆写起，转而写送别对象，最后又一转，对刘敞寄予了希望，并抒发了自己的人生感悟。一转再转，情意真切，确是送别词中的佳作。

集 评

"山色有无中"，王维诗也。欧公《平山堂词》用此一句，东坡爱之，作《水调歌头》，乃云："认取醉翁语，山色有无中。"（宋方勺《泊宅编》）

欧阳永叔《送刘贡父守维扬作长短句》云："平山栏槛倚晴空，山色有无中。"平山堂望江左诸山甚近。或以谓永叔短视，故云"山色有无中"。东坡笑之，因赋《快哉亭》道其事云："长记平山堂上，欹枕江南烟雨，杳杳没孤鸿。认取醉翁语，山色有无中。"盖山色有无中，非烟雨不能然也。（宋严有翼《艺苑雌黄》）

只"山色"一句，此堂已足千古。（明潘游龙《古今诗余醉》）

按君子进德修业欲及时也，无事不须在少年努力者，现身说法，神采奕奕动人。（清黄苏《蓼园词选》）

相关江南知识

平山堂

平山堂，位于扬州市西北郊蜀冈中峰大明寺内，据叶梦得《避暑录话》卷上记载："欧阳文忠公在扬州作平山堂，壮丽为淮南第一。堂据蜀冈，下临江南数百里，真、润、金陵三州，隐隐若可见。公每暑时，辄凌晨携客往游，遣人走邵伯，取荷花千余朵，以画盆分插百许盆，与客相间。遇酒行，即遣妓取一花传客，以次摘其叶，尽处则饮酒，往往侵夜载月而归。余绍圣初始登第,尝以六七月之间馆于此堂者几月。是几大暑,环堂左右,老木参天,后有竹千余竿,大如椽,不复见日色,苏子瞻诗所谓'稚节可专车'是也。寺有一僧,年八十余,及见公,犹能道公时事甚详。"如今堂上匾额"坐花载月""风流宛在"正记录着欧阳修在此的风流轶事。

行香子·过七里滩①

苏 轼

一叶舟轻。双桨鸿惊②。水天清、影湛波平。鱼翻藻鉴③,鹭点烟汀。过沙溪急,霜溪冷,月溪明。

重重似画,曲曲如屏。算当年、虚老严陵④。君臣一梦,今古虚名⑤。但远山长,云山乱,晓山青。

* 选自唐圭璋编《全宋词》,北京:中华书局,1965年,第303页。
① 七里滩:在浙江省桐庐县富春江上,其下数里即严子陵钓台。
② 双桨鸿惊:指小船荡着双桨,像惊飞的鸿雁一般飞快航行。
③ 鱼翻藻鉴:指水中的游鱼在镜面一般的水面上下跃动。
④ 虚老严陵:指东汉严光当年在富春江上白白终老。
⑤ "君臣"等二句:用严光与汉光武帝刘秀的典故。指二人已经如梦幻般消失,只留下千古的空名。

题 解

宋神宗熙宁六年(1073)二月,苏轼就任杭州通判。此间,词人放舟富春江上,这首词即当时词人所见所闻所感。上阕以描绘小舟在江中行驶之貌开篇,又着笔写水中之物,可见富春江沿岸山水清秀,风光美甚。下阕视野由平面转向立体,见远山"似画""如屏",又追忆当年严子陵隐居拒

江南词

绝入仕之事,只是在山水间隐姓埋名终老,徒留空名,唯有富春山水常在,千年间未曾改变。

> **集　评**
>
> 案词正赋子陵故事。(清朱孝臧注《东坡乐府笺》)

江南相关知识

严子陵钓台

　　严子陵钓台位于今浙江省桐庐县富春山麓,因东汉严子陵隐居于此得名。严光,字子陵,东汉初年隐士。严光少年时曾与东汉开国皇帝刘秀共同游学。刘秀即位后,严光不愿意出仕,隐居在富春山一带。全国称其钓台处有十余处,以桐庐钓台最为著名,苏轼游览的钓台也正是此处。

卜算子·送鲍浩然之浙东

王　观

　　水是眼波横,山是眉峰聚。欲问行人去那边,眉眼盈盈处。

　　才始送春归,又送君归去。若到江东赶上春,千万和春住。

* 选自唐圭璋编《全宋词》,北京:中华书局,1965年,第260页。

作者简介

　　王观,字通叟,高邮(今属江苏省)人。其因赋应制词被斥而自号逐客。代表作有《卜算子·送鲍浩然之浙东》,著有《冠柳词》(已佚)。

题 解

　　这是一首送别词,首句就俏皮有趣,把山和水比作美人的眉眼,好像它们有感情似的,目送鲍浩然离去。下阕写春天刚刚结束,又送走了友人。而鲍浩然要去的浙东,春天兴许还未离去,望他到时候千万不要辜负大好春光呀。这一新奇的联想,既写出了对朋友的不舍之情,也写出了江南春色的令人神往。整首词轻松幽默,语言直白,情感真挚。

集 评

　　王逐客才豪,其新丽处与轻狂处皆足惊人。(宋王灼《碧鸡漫志》)

踏莎行·郴州旅舍

秦 观

　　雾失楼台①。月迷津渡②。桃源③望断无寻处。可堪孤馆闭春寒,杜鹃声里④斜阳暮。

　　驿寄梅花⑤,鱼传尺素⑥。砌成此恨无重数。郴江幸自绕郴山,为谁流下潇湘去⑦。

* 选自唐圭璋编《全宋词》,北京:中华书局,1965年,第460页。
① 雾失楼台:指楼台被大雾隐没。
② 月迷津渡:月色迷蒙,迷失了渡口。津渡,渡口。
③ 桃源:指晋陶渊明笔下的桃花源。陶渊明著《桃花源记》,描写了一个与世隔绝的理想社会。文中说桃花源在武陵,即今湖南省常德市。此句意谓作者极目远望,依然望不到桃花源的踪迹。
④ 杜鹃声里:杜鹃,即杜鹃鸟,亦称子规鸟,相传它的鸣叫声像在说"不如归去",容易勾起人之乡愁。

105

江南词

⑤驿寄梅花：见陆凯《赠范晔诗》。诗云："折梅逢驿使，寄与陇头人。江南无所有，聊寄一枝春。"这里作者以范晔自比，表示收到了来自江南友人的寄赠。

⑥鱼传尺素：见晏几道词《蝶恋花》注②。

⑦"郴江"二句：郴江，水名，发源于湖南郴州黄岑山，北流入湘江支流耒水。幸自，本自，本来。潇湘，见刘禹锡词《潇湘神》注④。

作者简介

秦观（1049—1100），字少游，一字太虚，号淮海居士，扬州高邮（今江苏省高邮市）人，与黄庭坚、张耒、晁补之合称"苏门四学士"。北宋著名词人，有《鹊桥仙·纤云弄巧》《满庭芳·山抹微云》等佳作。其词情韵兼胜，含蓄蕴藉，被视为婉约词之正宗。著有《淮海集》四十九卷、《淮海居士长短句》三卷。

题解

《踏莎行》，此调始见于北宋寇准、晏殊词。此篇为宋哲宗绍圣四年（1097）作者于郴州（今湖南省郴县）旅店所写。秦观因其旧党的身份，被新党排斥，一再被贬，并被削去了官爵和俸禄，心情极度苦闷。这首词上阕写旅店环境的寂寞凄清，"桃源"乃是作者理想之地，然而却因"雾""月"等阻碍，使得"桃源"不可寻找，暗指作者前途迷茫、悲观失望的心情。下阕则点出了自己被贬之"恨"，并用"驿寄梅花""鱼传尺素"之典。虽有远方的音信传来，却倍添迁谪愁恨。末二句更是意蕴丰富，本意是问郴江本来是绕着郴山而流，为何要到流潇湘去呢？实则也是自问，本应在朝廷报效，却不知为何流落于偏远的郴州？正是对自己辗转身世的追问。

> **集　评**
>
> 　　东坡绝爱其尾两句,自书于扇曰:"少游已矣,虽万人何赎!"(宋胡仔《苕溪渔隐丛话》)
>
> 　　少游词境最为凄婉。至"可堪孤馆闭春寒,杜鹃声里斜阳暮",则变而凄厉矣。东坡赏其后二语,犹为皮相。(清王国维《人间词话》)

念奴娇·过洞庭

张孝祥

　　洞庭青草①,近中秋、更无一点风色②。玉鉴琼田③三万顷,着我扁舟一叶。素月分辉,明河④共影,表里俱澄澈。悠然心会,妙处难与君说。

　　应念岭海⑤经年,孤光自照,肝肺皆冰雪⑥。短发萧骚⑦襟袖冷,稳泛沧浪⑧空阔。尽吸西江,细斟北斗,万象为宾客⑨。扣舷⑩独笑,不知今夕何夕⑪。

* 选自唐圭璋编《全宋词》,北京:中华书局,1965年,第1690页。

① 洞庭青草:即洞庭湖和青草湖。洞庭湖在湖南省岳阳市西面,青草湖在洞庭湖南面,二湖相通。

② 风色:风势。

③ 玉鉴琼田:形容月下的湖面如镜子、美玉一般清澈通透。鉴,镜子。琼,美玉。

④ 明河:明亮的银河。

⑤ 岭海:即岭外、岭南,广西、广东地区。张孝祥曾于孝宗乾道元年(1165)任广南西路(今广西和广东西南一带)经略安抚使。

⑥ "肝肺"句:表示自己心地如白雪一般光明磊落,透明高洁。

⑦ 萧骚:稀疏,稀少。

⑧ 沧浪：青苍色的水，此指湖水。
⑨ "尽吸"三句：把长江水比作酒浆，愿吸尽长江水，并用北斗作酒器盛酒，邀万物为宾客。西江，指长江，长江来自西面，故云。北斗，星座名，形状似酒斗。《楚辞·九歌·东君》有"援北斗兮酌桂浆"句。
⑩ 扣舷：敲着船沿。扣，一作"叩"。
⑪ "不知"句：赞叹夜色美好，作者沉醉其中，渐渐忘记了时间。

作者简介

张孝祥(1132—1170)，字安国，别号于湖居士，生于明州鄞县(今浙江省宁波市)，后移居历阳乌江(今安徽省和县)。南宋著名词人，书法家。曾任中书舍人、直学院士等职务。任建康(今江苏省南京市)留守时，他因赞助张浚北伐而被罢职，后又任地方长官，颇有政绩。其词上追苏东坡，有《六州歌头·长淮望断》等爱国名篇，著有《于湖词》《于湖集》。

题 解

《念奴娇》，词牌名，又名《大江东去》《百字令》。此篇作于乾道二年(1166)，张孝祥被谗罢职后，由桂林北归，经过湖南洞庭湖时写下词作。上阕写湖上的景色，月光皎洁，水面无风，作者泛舟湖上，悠然快哉。下阕则思及自身的经历。作者虽遭贬谪，但仍以冰雪作喻，自信忠贞高洁。"尽吸"句则表现出作者豪迈的气概与坦荡的胸襟，似乎他对别人的谗言、自身的遭际不以为意，而将自己与"三万顷"的湖面相融，与宇宙万物相融。"不知今夕何夕"一句更体现出作者当时所达到的物我两忘、超凡脱俗的精神境界。

> **集　评**
>
> 写景不能绘情,必少佳致。此题咏洞庭,若只就洞庭落想,纵写得壮观,亦觉寡味。此词开首,从"洞庭"说至"玉界琼田三万顷",题已说完,即引入"扁舟一叶",以下从舟中人心迹与湖光映带,写隐现离合,不可端倪。镜花水月,是二是一。自尔神采高骞,兴会洋溢。(清黄苏《蓼园词选》)
>
> 飘飘有凌云之气,觉东坡《水调》犹有尘心。(清王闿运《湘绮楼词选》)

西江月·夜行黄沙道①中

辛弃疾

明月别枝②惊鹊,清风半夜鸣蝉。稻花香里说丰年,听取蛙声一片。

七八个星天外,两三点雨山前。旧时茅店③社林④边,路转溪桥忽见。

---

* 选自唐圭璋编《全宋词》,北京:中华书局,1965年,第1899页。
① 黄沙道:黄沙岭。在江西省上饶市之西四十里,为作者经常往来的地区。
② 别枝:斜枝。
③ 茅店:乡村小客舍。
④ 社林:土地庙两边的树林。

> **题　解**
>
> 宋孝宗淳熙八年(1181),辛弃疾因受奸臣排挤,被免罢官,回到上饶带湖家居,在此留下了不少词作。这首词即为其中之一,为词人经过黄沙

岭道上所作。用平易灵动的语言,描绘夏夜山道的清幽夜色,动静结合,同时体现了词人想象丰收年景的喜悦,充满了乡野之趣和生活气息。

一剪梅·舟过吴江①

蒋 捷

一片春愁待酒浇。江上舟摇。楼上帘招。秋娘渡与泰娘桥②。风又飘飘。雨又萧萧。

何日归家洗客袍。银字笙③调。心字香④烧。流光容易把人抛。红了樱桃。绿了芭蕉。

* 选自唐圭璋编《全宋词》,北京:中华书局,1965年,第3441页。
① 吴江:江苏省吴江市,位于江苏的南面,临太湖东岸。
② "秋娘度"句:均用著名唐代著名歌女的名字命名。
③ 银字笙:镶有银字的笙。
④ 心字香:心字形的香。

作者简介

蒋捷,生卒年不详,字胜欲,号竹山,阳羡(江苏省宜兴市)人。宋末词人,词作多追昔伤今。代表作有《一剪梅·舟过吴江》《虞美人·听雨》等,有《竹山词》传世。

题 解

这首词是作者在旅途中乘船经过当时的吴江县时所作。词的上阕主要写景,而这一风雨飘摇的旅途之景又暗合词人孤独无依的处境和漂泊思归的心境,景中含情。词的下阕写情,先想象回家后结束羁旅的劳顿生活,可以享受舒适家庭生活的温暖,再以流年已逝的感慨为结,既有倦游思归之意,也有在旅途中蹉跎了年岁的伤感。

集 评

末句两用"了"字,有许多悠悠忽忽意。(明潘游龙《古今诗余醉》)

"银"字,制笙以"银"作字,饰其音节。"银字笙调",蒋捷句也。"银字吹笙",毛滂句也。(清沈雄《古今词话》)

和凝《山花子》云:"银字笙寒调正长。"按《唐书·礼乐志》,备四本属清乐,形类雅音,有银字之名,中管之格,音皆前代应律之器也。《宋史·乐志》,太平兴国中,选东西班习乐者,乐器独用银字觱篥,小笛,小笙。白乐天诗"高调管色吹银字",徐铉"檀的慢调银字管",吴融诗"管纤银字密,梭密锦书匀",故词中多用之。蒋竹山词"银字笙调,雁字筝调",所由来也。(清李调元《雨村词话》)

蒋竹山《一剪梅》词,有云:"银字筝调,心字香烧。……红了樱桃,绿了芭蕉。"久脍炙人口。(清李佳《左庵词话》)

六、愛情思念

賀方回集二十九卷東山寓聲樂府三卷

案賀鑄字方回衞州人有慶湖遺老集

青玉案

凌波不過橫塘路但目送芳塵去錦瑟華年誰與度月臺花榭瑣窗朱戶惟有春知處 碧雲冉冉蘅皋暮綵筆新題斷腸句試問閒愁都幾許一村煙草滿城風絮

梅子黃時雨

獻金盃

風軟香遲花深漏短可憐宵畫堂春半碧紗窗影卷帳

蠟燈紅鴛枕畔密寫烏絲一段 採蘋溪晚拾翠沙空

生盞聊爲清歌駐白雲

漁家傲 戲効通禪作頌

萬水千山來此土本提心印傳梁武對朕者誰
渾不顧成死語江頭暗折長蘆渡
面壁九年看二祖一花五葉親分付隻覆西歸
忽嶺去君知不分明忘却來時路

又

三十年來無孔竅幾回得眼還迷照一見桃花
參玄了呈法要無絃琴上彈丁調
摘葉尋枝虛半老看花特地重年少今後水雲

相思令

林 逋

吴山①青。越山②青。两岸青山相对迎。争忍③有离情。

君泪盈。妾泪盈。罗带同心结未成④。江边潮已平⑤。

* 选自唐圭璋编《全宋词》,北京:中华书局,1965年,第7页。

① 吴山:指钱塘江北岸的山,春秋时钱塘江北属吴国。
② 越山:指钱塘江南岸的山,春秋时钱塘江南属越国。
③ 争忍:怎忍。
④ "罗带"句:古代定情时用罗带打成连环回文结,称同心结,表示心心相印,同心相怜。
⑤ 潮已平:潮水已涨,暗示船将起航,人将别离。

作者简介

林逋(967—1028),字君复,死后赐谥"和靖先生",钱塘(今浙江省杭州市)人。林逋终生不仕不娶,一生隐逸,漫游江、淮之间,后隐居杭州西湖孤山。喜植梅养鹤,自谓"以梅为妻,以鹤为子",人称"梅妻鹤子"。林逋有《林和靖先生诗集》传世。

题 解

《相思令》,原为唐教坊曲调名,后用作词牌名,又名《长相思》。此篇以一女子口吻,写与情人离别时的场景。开头用吴山、越山起兴,写两岸青山千百年来在此送迎旅人,却不知人间有缠绵悱恻的离别之情。下阕则用"罗带同心结未成"一句,暗示二人感情受挫,终难成眷属,只能挥泪告别。结句用"江边潮已平"这一景语作结,含蓄地暗示别离在即,颇有余韵。词中用语重复,一唱三叹,有民歌风味。

> 集 评

林处士梅妻鹤子,可称千古高风矣。乃其惜别词,如"吴山青,越山青"一阕,何等风致,闲情一赋,讵必玉瑕珠纇耶?(清彭孙遹《金粟词话》)

蝶恋花

苏 轼

春事阑珊①芳草歇。客里②风光,又过清明节。小院黄昏人忆别。落红处处闻啼鴂③。

咫尺江山分楚越④。目断魂销,应是音尘绝。梦破五更心欲折。角声吹落梅花⑤月。

* 选自唐圭璋编《全宋词》,北京:中华书局,1965年,第328页。
① 阑珊:衰败、将尽。
② 客里:指客居他乡。
③ 啼鴂:伯劳鸟。屈原《离骚》有"恐鹈鴂之先鸣兮,使夫百草为之不芳"。鹈鴂即啼鴂,后多以此鸟啼声表现年华逝去、青春迟暮的悲哀。
④ "咫尺"句:此时苏轼在镇江一带办理赈饥事,而其家人在杭州。此句意为虽然亲人与自己只隔着咫尺江山,但也是楚越之界域,不可随心自由来去与家人团聚。
⑤ 梅花:指笛曲《梅花落》,传为西汉李延年所作。

> 题 解

此篇当作于宋神宗熙宁七年(1074)。词人此时在镇江,与杭州家人相隔两地。时值暮春,大部分春芳已凋谢,连青青芳草也将枯萎。词人滞留异乡不得归去,已到清明,却无从祭奠先祖,也不能与家人团聚,便渐起孤独寂寞之心。又是黄昏,最能激起离愁,耳边又是啼鸠鸟鸣,词人心境就更加萧索。下阕主要抒情,亲人所在之地只隔咫尺,但却分楚、越。界限一下,便看似森严不少。举目望去,不见亲人踪迹,不闻亲人音信。到五更天,词人梦醒,远处又传来《梅花落》的曲调。全篇词风婉转,情感真切,极尽离家思乡的愁思,可谓词人的肺腑之言。

集评

宋人作诗与唐远,而作词不愧唐人,亦不可晓。(明杨慎《词品》)

"春事阑珊芳草歇"一首,凡六十字,字字惊心动魄。(清王士祯《花草蒙拾》)

芳草歇,王丽真"燕拆莺离芳草歇",苏长公"春事阑珊芳草歇",俱本康乐诗"芳草亦未歇"来。(清沈雄《古今词话》)

少年游

周邦彦

并刀①如水,吴盐②胜雪,纤手破新橙。锦幄初温,兽烟③不断,相对坐调笙。

低声问向谁行④宿,城上已三更。马滑霜浓,不如休去,直是⑤少人行。

* 选自唐圭璋编《全宋词》,北京:中华书局,1965年,第606页。
① 并刀:并州古以刀产著名,杜甫有"安得并州快剪刀"句。
② 吴盐:吴地临海,盛产盐。李白有"吴盐如花皎如雪"句。

③ 兽烟:兽形香炉中透出的烟。
④ 谁行:谁边。周邦彦有"今宵不到伊行"句。
⑤ 直是:就是。

题 解

据说宋徽宗一次微行到李师师家中,恰好周邦彦已先在此,周邦彦则仓皇中藏到床下。偷听到宋徽宗带来了一颗新鲜贡橙,并与李师师戏谑调情。后来,周邦彦将这段见闻填成这首《少年游》。此说因风流香艳,流传甚广,然实不足为信。这首词单从字面解读,叙写情人幽会,把男女爱情写得温柔缱绻、缠绵悱恻、深情无限。女子对男子的温柔、依恋刻画尤工。

集 评

"低声"数语,妮妮婉恋,足以移情而夺耆。(明沈际飞《草堂诗余正集》)

即事直书,何必益毛添足。(明卓人月、徐士俊辑《古今词统》)

此亦本色佳制也。本色至此便足,再过一分,便入山谷恶道矣。(清周济《宋四家词选》)

周清真《少年游》,题云"冬景",却似饮妓馆之作。只起句"并刀似水"四字,若掩却下文,不知为何陡着此语。"吴盐""新橙",写境清晰。"锦幄"数语,似为上下太淡宕,故着浓耳。后阕绝不作了语,只以"低声问"三字,贯彻到底,蕴藉袅娜,无限情景,都自纤手破橙人口中说出,更不必别着一语,意思幽微,篇章奇妙,真神品也。……周美成词家神品,如《少年游》"马滑霜浓,不如休去,直是少人行",何等境味!若柳七郎,此处如何煞得住。(清王又华《古今词论》引《毛稚黄词论》)

"马滑霜浓,不如休去,直自少人行。"言马、言他人,而缠绵偎倚之情

自见。若稍涉牵裾,鄙矣。(清沈谦《填词杂说》)

周清真避道君匿李师师榻下,作《少年游》以咏其事,吾极喜其"锦幄初温,兽烟不断,相对坐调笙",情事如见。至"低声问向谁行宿,城上已三更。马滑霜浓,不如休去"等语,几于魂摇目荡矣。(清贺裳《皱水轩词筌》)

情景如绘,宜遭道君之怒也。(清许昂霄《词综偶评》)

恐其平直,以曲折出之,谓之婉。如清真"低声问"数句,深得"婉"字之妙。(清孙麟趾《词径》)

美成艳词,如《少年游》《点绛唇》《意难忘》《望江南》等篇,别有一种姿态。句句洒脱,香奁泛话,吐弃殆尽。(清陈廷焯《白雨斋词话》)

一:曰向谁行宿,曰城上三更,曰不如休去,曰少人行,颠倒重复,层折入妙。(清陈廷焯《词则》)

秀艳。情急而语甚婉约,妙绝古今。(清陈廷焯《云韶集》)

丽极而清,清极而婉,然不可忽过"马滑霜浓"四字。(清谭献《复堂词话》)

此调凡四首,乃感旧之作。其下三首皆言别后,以此首最为擅胜。上阕橙香笙语,乃追写相见情事。下阕代纪留宾之言,情深而语俊,宜其别后回思,丁宁片语,为之咏叹长言也。(俞陛云《唐五代两宋词选释》)

·江南相关知识·

1. 吴盐

"吴盐"在现代字典里是这样解释的:"古时江淮一带所晒制的散末盐,此盐味淡而雪白,是盐中的上品。"这个江淮地区自然包括海陵。海陵曾因唐高祖武德三年(620)被置吴州,更容易让人觉得"吴盐"指的就是吴州所产的盐。如果要说吴州所产的盐就是"吴盐",那么自然就会有另一种解释。海陵从汉吴王濞"煮海为盐"开始,至汉元狩六年(前117)已成为"盐粮集散、物质丰富、舟船泊步、税源充畅"的盐产地。经过隋代大运河的开凿通航，海陵的盐业发展也得到了快速发展。到唐代，海陵盐产已经受中央政府重视，并专门设立了管理盐业的机构——海陵监。史料记载，唐开元元年(713)，政府在海陵设置海陵监，管理沿海各盐场。这是海陵第一个官方设立的盐业管理机构，后来历朝历代也都在此设立官方机构，成为规范盐业发展的重要里程碑。海陵在唐代，其盐产量已经在全国领先。据《旧唐书》和《新唐书》记载，全国海盐产量最高的是海陵监。又据《元和郡县图志阙卷·逸文》卷二载："海陵盐监，煮盐六十万石，而楚州盐城、浙西嘉兴、临平两监所出次焉。"开元十年(722)，海安因海水侵袭，再度省入海陵县，并设有盐官，使得海陵的盐业产量继续攀高。正是由于海陵产盐数量大，所以人们将"吴盐"看做是吴州之盐也就不足为奇。有关资料记载：唐代，海陵吴姓盐商以经营盐业获巨利，家僮千人，拥有与王者一样的财富。"吴盐"在人们心中逐渐家喻户晓，在历代诗人笔下，也越来越具有一种惊艳的质感美。唐朝大诗人李白在《梁园吟》中大赞"吴盐"："玉盘杨梅为君设，吴盐如花皎如雪。"宋代词人周邦彦有一首词，词名叫做《少年游·感旧》。他在感叹少年与京城第一美女李师师的美好时光时，情不自禁说道："并刀如水，吴盐胜雪，纤手破新橙。"从而使得"吴盐"由雪白的盐变为"美丽"的代名词。值得一提的是，始建于唐大历元年的串场河，堤外煮盐，堤内兴农，不仅粮食产量大为提高，更成为吴盐的绝佳产地。(见严勇《吴州与吴盐》，载《泰州晚报》2017年2月12日)

武陵春·春晚

李清照

风住尘香花已尽，日晚倦梳头。物是人非事事休。欲语泪先流。

闻说双溪①春尚好,也拟泛轻舟。只恐双溪舴艋舟②,载不动许多愁。

* 选自唐圭璋编《全宋词》,北京:中华书局,1965年,第931页。
① 双溪:在金华城南,由东港、南港两水相汇,故曰"双溪"。
② 舴艋舟:小船。两头尖如蚱蜢。

作者简介

李清照(1084—1155?),号易安居士,济南章丘(今属山东省)人。宋代著名女词人,词风婉约,偶有豪放之致。代表作有《声声慢·寻寻觅觅》《如梦令·昨夜雨疏风骤》《一剪梅·红藕香残玉簟秋》等,有《漱玉词》传世。

题 解

这首词作于宋高宗绍兴五年(1135),时金兵进犯,李清照避难浙江金华。至本年春,时局稍定,故李清照有出游之兴。上阕以风狂花尽的暮春之景起兴,再从惜花、惜春的伤感,将感情进一步向物是人非、国破家亡的悲切推进。下阕以乐景衬哀情,听闻双溪春色正好,想要泛舟,可是轻盈的舴艋舟却载不动深切的愁绪。词人巧妙地将抽象的愁具象化,有言尽而意不尽之美。

集 评

玩其辞意,其作于序《金石录》之后欤?抑再适张汝舟之后欤?文叔不幸有此女,德夫不幸有此妇。其语言文字,诚所谓不祥之具,遗讥千古者欤。(明叶盛《水东日记》)

未语先泪,此怨莫能载矣。景物尚如旧,人情不似初。言之于邑,不觉泪下。(明李攀龙《草堂诗余隽》)

物是人非,睹物宁不伤感!(明董其昌《便读草堂诗余》)

愁如海。(明陆云龙《词菁》)

易安《武陵春》,其作于祭湖州以后欤?悲深婉笃,犹令人感伉俪之重。叶文庄乃谓:语言文字,诚所谓不祥之具,遗讥千古者矣,不察之论也。(清吴衡照《莲子居词话》)

《词统》《词汇》俱注"载"字是衬,误也。词之前后结,多寡一字者颇多,何以见其为衬乎?查坦庵作,尾句亦云"流不尽许多愁"可旺。沈选有首句三句,后第三句平仄全反者,尾云"忽然又起新愁"者,"愁从酒畔生"者,奇绝。(清万树《词律》)

其事非闺闱文笔自记者莫能知。(清俞正燮《易安居上事辑》)

"载不动许多愁"与"载取暮愁归去,只载一船离恨向西州",正可互观。"双桨别离船,驾起一天烦恼",不免径露矣。(清王士禛《花草蒙拾》)

易安《武陵春》后半阕云:"闻说双溪春尚好……载不动、许多愁。"又凄婉,又劲直。观此益信易安无再适张汝舟事。即风人"岂不尔思,畏人之多言"意也。投綦公一启,后人伪撰以诬易安耳。(清陈廷焯《白雨斋词话》)

钗头凤

陆 游

红酥手①。黄縢酒②。满城春色宫墙柳。东风恶。欢情薄。一怀愁绪,几年离索。错错错。

春如旧。人空瘦。泪痕红浥③鲛绡④透。桃花落。闲池阁。山盟虽在,锦书难托。莫莫莫。

* 选自唐圭璋编《全宋词》,北京:中华书局,1965,第1585页。
① 红酥手:红润白嫩的手。
② 黄縢酒:即黄封酒,宋代官酒以黄纸为封。
③ 浥:湿润。
④ 鲛绡:传说中鲛人织的丝绢,极薄,后用以泛指薄纱,这里指手帕。

作者简介

陆游(1125—1210),字务观,号放翁,越州山阴(今浙江省绍兴市)人。代表作有《卜算子·咏梅》《诉衷情·当年万里觅封侯》等,有《放翁词》传世。

题 解

陆游娶唐婉为妻,伉俪情深,恩爱非常。陆母却不喜欢唐婉,棒打鸳鸯,替陆游另娶王氏为妻,唐婉无奈改嫁同郡赵士程,二人从此断了联系。七年后,陆游过家乡山阴城南的沈园,与赵士程、唐婉夫妻偶遇,唐婉为陆游安排酒席。陆游想起夫妻旧日恩爱,感慨万千,将此词题于沈园壁上,写出了对唐婉的深情和相爱之人被迫分离的无奈、痛苦。

集 评

陆放翁前室改适赵某事,载《后村诗话》及《齐东野语》,殆好事者因其诗词而傅会之。《野语》所叙岁月,先后尤多参错,且玩诗词中语意,陆或别有所属,未必为伉俪者也。(清吴骞《拜经楼诗话》)

吾乡许蒿庐先生(昂霄)尝疑放翁室唐氏改适赵某事为出于傅会,说见《带经堂诗话》校刊类附识。(清吴衡照《莲子居词话》)

孝义兼挚。(清谢章铤《赌棋山庄词话》)

江南词

"山盟虽在,锦书难托。莫莫莫。"放翁伤其妻之作也。"不合画春山、依旧留愁住。"放翁妾别放翁词也。前则迫于其母而出其妻。后又迫于后妻而不能庇一妾。何所遭之不偶也。至两词皆不免于怨,而情自可哀。(清陈廷焯《白雨斋词话》)

·江南文化知识·

沈园

  沈园现位于绍兴市越城区春波弄,最早是南宋时一位沈姓富商的私家花园,距今已有八百多年的历史,是绍兴历代众多古典园林中唯一保存至今的宋式园林。沈园是一座文化的园林,也是爱情的园林。陆游和唐婉这对被拆散的恩爱夫妻,在这里重逢,留下了两首《钗头凤》和一段爱情悲歌。沈园有"断云悲歌""诗境爱意""春波惊鸿""残壁遗恨""孤鹤哀鸣""碧荷映日""宫墙怨柳""踏雪问梅""诗书飘香"和"鹊桥传情"十景,其中"春波惊鸿"就是根据陆游怀念唐婉而作的《沈园二首》中"伤心桥下春波绿,曾是惊鸿照影来"得名。

钗头凤

唐 婉

  世情薄。人情恶。雨送黄昏花易落。晓风干,泪痕残。欲笺心事,独语斜阑。难难难。

  人成各。今非昨。病魂常似秋千索①。角声寒。夜阑珊。怕人寻问,咽泪装欢。瞒瞒瞒。

---

* 选自唐圭璋编《全宋词》,北京:中华书局,1965年,第1602页。
① 病魂常似秋千索:描写精神忧惚,似飘荡不定的秋千索。

六、爱情思念

> **作者简介**

唐婉,陆游妻,为陆母相逼离异,后另嫁,郁郁而终。存词《钗头凤·世情薄》一首。

> **题　解**

唐婉与陆游事见《钗头凤·红酥手》题解。相传陆游在沈园题下《钗头凤·红酥手》、唐婉以此篇相答后,郁郁而终。亦有后人伪托唐婉之说。词的上阕写了对美好爱情转瞬即逝的无奈,相思无处寄、欲语还休的复杂情感,下阕写劳燕分飞后,咽泪装欢、抑郁成疾的悲惨处境,字字泣血。

踏莎行

姜　夔

自沔①东来,丁未元日至金陵,江上感梦而作。

燕燕轻盈,莺莺娇软②。分明又向华胥③见。夜长争得薄情知,春初早被相思染。

别后书辞,别时针线。离魂暗逐郎行远。淮南④皓月冷千山,冥冥归去无人管。

---

* 选自唐圭璋编《全宋词》,北京:中华书局,1965年,第2174页。

① 沔:汉阳。

② "燕燕"句:燕燕,莺莺,借指所盼女子。苏轼《张子野年八十五尚闻买妾,述古令作诗》:"诗人老去莺莺在,公子归来燕燕忙。"

③ 华胥:指梦境。用黄帝梦游华胥氏国之典。

④ 淮南:指安徽合肥,宋时属淮南路。

江南词

> **题 解**
>
> 淳熙十四年丁未(1187)元旦,姜夔从沔州(今湖北省武汉市汉阳区)东去湖州途中抵达金陵时,梦见了以前合肥的恋人,写下此篇。词上阕以调笑的语气,称情人为"莺莺""燕燕""薄情",实暗道尽缠绵的情意和相思之苦。下阕由自己思念情人,转向写情人思念自己,想象情人的魂魄一路追随自己而来,在月光下孤独地归去全篇字里行间流露出对情人的怜惜之意。

> **集 评**
>
> 白石之词,余所最爱者,亦仅二语,曰:"淮南皓月冷千山,冥冥归去无人管。"(清王国维《人间词话》)

唐多令·惜别

吴文英

何处合成愁。离人心上秋①。纵芭蕉、不雨也飕飕。都道晚凉天气好,有明月、怕登楼。

年事②梦中休。花空烟水流。燕辞归、客尚淹留③。垂柳不萦裙带④住,漫长是、系行舟。

* 选自唐圭璋编《全宋词》,北京:中华书局,1965年,第2939页。

① 心上秋:字形可合成"愁"字。

② 年事:往年的旧事。

③ "燕辞归"等二句:用三国魏曹丕《燕歌行》语典。《燕歌行》句云:"群燕辞归鹄南翔,念君客游思断肠。慊慊思归恋故乡,君何淹留寄他方。"

④ 裙带:指女子衣裙的系带,此处代指远去的女子。

六、爱情思念

> **题 解**

此篇为怀人伤秋之作。上阕开篇"何处""离人"两韵仿佛一个文字游戏,心上之秋合成愁。分别远离之时恰是秋天,这正是加深愁苦的原因。"纵芭蕉"等两句进一步渲染秋寒气氛,纵然无雨,风掠过芭蕉而生的飕飕响声,亦是应和了离人愁绪。"都道晚凉天气好,有明月、怕登楼"一句道出忧愁之人心中的胆怯,登楼邀月须得内心开阔清亮才是乐事,若心中郁结,则愁怀更甚。下阕过片二韵写不堪的往事。"燕辞归"用魏文帝曹丕《燕歌行》典故,点明不得归去的无奈。"垂柳"下等三句,写垂柳系不住心上人衣裙系带,放任其远去,而归船则偏偏被柳条系住,客子不得不滞留异乡。

> **集 评**

词要清空,不要质实。清空则古雅峭拔,质实则凝涩晦昧。姜白石词如野云孤飞,去留无迹。吴梦窗词如七宝楼台,炫人眼目,碎拆下来,不成片段。此清空质实之说。……此词疏快却不质实。如是者集中尚有,惜不多耳。(宋张炎《词源》)

词固佳,但非梦窗平生杰构。玉田心赏,特以近自家手笔故也。玉田赏之,是矣,然而是极研炼出之者,看似俊快,其实深美。(清周尔墉《绝妙好词》)

梦窗之词丽而则,幽邃而绵密,脉络井井,而卒焉不能得其端倪。尹惟晓比之清真。沈伯时亦谓深得清真之妙,而又病其晦。张叔夏则譬诸七宝楼台,炫人眼目。盖《山中白雪》,专主"清空",与梦窗家数相反,故于诸作中,独赏其《唐多令》之疏快。实则"何处合成愁"一阕,尚非君特本色。《提要》云:"天分不及周邦彦,而研炼之功则过之。词家之有文英,如诗家之有李商隐。"予则谓商隐学老杜,亦如文英之学清真也。(清冯煦

《蒿庵类稿》）

　　海绡翁曰：玉田不知梦窗，乃欲拈出此阕，牵彼就我。无识者群聚而和之，遂使四明绝调，沉没几六百年，可叹。（陈洵《海绡说词》）

一剪梅

唐　寅

　　雨打梨花深闭门①。孤负青春。虚负青春。赏心乐事共谁论。花下销魂。月下销魂。

　　愁聚眉峰尽日颦②。千点啼痕。万点啼痕。晓看天色暮看云。行也思君。坐也思君。

　　* 选自饶宗颐初纂、张璋总纂《全明词》，北京：中华书局，2004年，第494页。

　　① "雨打"句：化用宋代词人李重元《忆王孙·春词》句，李词有成句"雨打梨花深闭门"。

　　② "愁聚"句：指女主人公因哀愁整日皱眉，如同峰峦一般。颦，皱眉。

作者简介

　　唐寅（1470—1524），字伯虎，又字子畏，号六如居士、桃花庵主、逃禅仙吏等，直隶吴县人，明代画家、文学家，"吴中四才子"之一。

题　解

　　此词是唐寅闺情词中的名篇。上阕从重门梨花起兴，用宋人成句，先言女主角伤春之心，又言及与情人相会的欢愉。而"孤负""虚负"两词，牵带出一种万事都是虚妄的梦幻之感。下阕着笔女主角神态行为，她的眉头终日紧锁、以泪洗面，心头终日被不知所谓的愁云侵占，在无限流逝的时光中，无时无刻不思念着自己的情人。全词十二句，却有八句四对相同的句式,八句皆是四字句,每对仅第一字不同,使全词声律循环婉转。

集 评

　　这首词的高明之处,在于作者没有让女主人公直接向读者言愁说恨,而是以极简练的笔墨,勾画出富有性格特征的形貌与动作,使之神情毕现,使读者如见其人,如闻其声。(唐圭璋主编《金元明清词鉴赏辞典》)

临江仙·逢旧①

吴伟业

　　落拓江湖常载酒①,十年重见云英②。依然绰约掌中轻③。灯前才一笑,偷解研罗裙④。

　　薄幸萧郎憔悴甚⑤,此生终负卿卿。姑苏城上月黄昏。绿窗人去住⑥,红粉泪纵横。

* 选自清吴伟业著、清陈继龙笺注《吴梅村词笺注》,上海:上海古籍出版社2008年版,第58页。

① "落拓"句:化用唐杜牧《遣怀》"落拓江湖载酒行,楚腰纤细掌中轻"句。
② 云英:用唐罗隐与妓云英典故。借指自己与卞玉京十年后的相逢。
③ 掌中轻:汉成帝之后赵飞燕体态轻盈,能在掌上舞蹈。
④ 研罗:一种哑光的丝织品。
⑤ 萧郎:代指女子爱恋的男子。崔郊诗《赠去婢》:"侯门一入深似海,从此萧郎是路人。"
⑥ 绿窗:这里代指女子之居室。唐李绅《莺莺歌》:"绿窗娇女字莺莺,金雀娅鬟年十七。"

题 解

　　这是词人怀念旧日情人卞玉京的作品。卞玉京是"秦淮八艳"之一,

江南词

旧时和词人有一段未果的情缘,后因诸多原因分离失散。数年间,朝代更迭,人世沧桑,二人重见分外感怀。词人落拓江湖久已,憔悴不堪,但往日的情人依然窈窕美丽,可是词人深知这段感情无法长久,只能将这情愫暗自消解。那"绿窗"和"红粉"的明艳色彩,反衬出离别的哀伤。该词词调婉转,其中饱含了情人间的相思缱绻之情,对于事世变换的哀伤无奈之叹。语言简切含蓄,意味深长。

桂殿秋

朱彝尊

思往事,渡江干①。青蛾低映越山看②。共眠一舸听秋雨,小簟轻衾各自寒③。

* 选自屈兴国、袁李来点校《朱彝尊词集》,杭州:浙江古籍出版社,2011年,第31页。

① 江干:江边。
② 青蛾:女子的黛眉。越山,泛指浙江一带的山。这句是说,沿江的青山看上去就像女子的黛眉。
③ "共眠"二句:我们同睡在一条船上,静听寂寞的秋雨,领略着秋天的轻寒。簟,短席。

题 解

这首词以极其含蓄的笔法,通过营造典型情境,写出了作者对往事的追忆与怀念,或以为与其妻妹冯寿常有关。"小簟轻衾各自寒"一句,暗示了主人公之间"咫尺天涯"的心理感受。"各自寒"不仅指秋江雨夜之冷,还指各自内心寂寞之冷。此词清空隽永,韵味悠长,艺术造诣上很受时人推许。

> **集　评**
>
> 单调小令,逝世名家,复振五代、北宋之绪。(谭献《箧中词》)
>
> 或问国朝词人当以谁氏为冠?再三审度,举金风亭长对。问佳构奚若?举《捣练子》(即《桂殿秋》)云云。(况周颐《蕙风词话》)
>
> 史梅溪《燕归梁》云:"独卧秋窗桂未香。怕雨点飘凉。玉人只在楚云旁。也著泪,过昏黄。　西风今夜梧桐冷,断无梦,到鸳鸯。秋钲二十五声长。请各自,奈思量。"竹垞太史仿其意,而变其辞为《桂殿秋》……较梅溪词尤含意无尽。(丁绍仪《听秋声馆词话》)
>
> 真唐人化境。(清陈廷焯《云韶集》)

霓裳中序第一

赵文哲

轻烟弄暝色①。伫立单衣寒侧侧②。一片东风巷陌。问送过几番,宝鞍金勒③。凭高望极,但暮云、芳草凝碧。人何处,瑶华④信杳,迢递⑤乱山驿。

畴昔。清尊瑶席⑥。记玉面、灯前初识。江湖谁念倦客。感灭烛匆匆,许闻芗泽⑦。越罗红泪拭⑧。道别后、休思此夕。今应是,梨花门掩⑨,燕子伴岑寂。

---

* 选自张宏生编《全清词·雍乾卷》,南京:南京大学出版社,2012年,第1468页。

① 暝色:暮色,夜色。南朝宋谢灵运《石壁精舍还湖中作》:"林壑敛暝色,云霞收夕霏。"

② 侧侧:寒冷的样子。唐韩偓《寒食夜》:"侧侧轻寒翦翦风,杏花飘雪小桃红。"

江南词

③ 宝鞍：华美的骑坐或载物的器具。金勒，金饰的带嚼口的马络头。
④ 瑶华：传说中的仙花，此喻珍贵。
⑤ 迢递：曲折、遥远貌。
⑥ 清尊：亦作"清樽"，酒器。亦借指清酒。瑶席，指珍美的酒宴。
⑦ 这两句写男女欢爱。灭烛，典出《史记·滑稽列传》。齐威王使淳于髡到赵国请救兵，完成任务后，威王大悦，置酒后宫，髡大谈饮酒之道云："男女同席，履舄交错，杯盘狼藉，堂上灭烛，主人留髡送客。"此处指女主人的厚待。芗泽，香泽，香气。芗，通"香"。
⑧ 越罗：越地所产的丝织品，以轻柔精致著称。红泪，晋王嘉《拾遗记·魏》记载，文帝所爱美人，姓薛名灵芸……灵芸闻别父母，嘘唏累日，泪下沾衣。至升车就路之时，以玉唾壶承泪，壶则红色。既发常山，及至京师，壶中泪凝如血。后因以"红泪"称美人泪。
⑨ 梨花门掩：化用唐李建勋《宫词》"帘垂粉阁春将尽，门掩梨花日渐长"句。

作者简介

赵文哲(1725—1773)，字升之、损之，又字璞庵、璞函，高行镇(今属上海市)人。乾隆二十七年(1762)，高宗南巡，召试赐举人，授内阁中书，入直军机处。乾隆三十八年(1773)，从讨金川，进军木果木时殉职。赋才英敏，少有诗名，与王鸣盛、钱大昕、吴泰来、王昶、黄文运、曹仁虎等相唱和，号"吴中七子"，著有《媕雅堂词集》。

题 解

这是一首恋情词，其用笔清虚，艳而不溢。上阕写今时登高远望的思人，在轻烟雾霭中着单衣，思念远方之人。山程水驿，尺素难托，此情何堪！下阕回首往昔二人初识之事，以昔日之浓情蜜意，对比今日之形单影只，更添惆怅。而思念之情绪，也随着时间的流逝，对于尘世认识的加深而意味更长。其离别之恨，相见之难和人生苦短的感怀纠缠在一起，缠绵

六、爱情思念

悱恻,哀感动人。

集　评

又《霓裳中序第一》云:"凭高望极。但暮云芳草凝碧。人何处,瑶华信杳,迢递乱山驿。"又云:"越罗红泪拭,道别后、休思此夕。今应是、梨花门掩,燕子伴岑寂。"思深意苦,笔致迥与人殊。(清陈廷焯《白雨斋词话》)

凄警。情词之妙,远接白石,近比竹垞。曰"别后休思今夕"语,真泪随笔堕。(清陈廷焯《云韶集》)

七、现实人生

相见欢

朱敦儒

金陵城上西楼。倚清秋①。万里夕阳垂地、大江流。

中原乱②。簪缨③散。几时收④。试倩⑤悲风吹泪、过扬州⑥。

* 选自唐圭璋编《全宋词》,北京:中华书局,1965年,第867页。
① 倚清秋:倚楼观赏清秋时节的景色。
② 中原乱:指北宋宣和七年(1125)以来,金人南侵,汴京沦陷,二帝被俘之事。
③ 簪缨:古代贵族官僚的帽饰,这里代指达官显贵。
④ 收:光复故土。
⑤ 倩:请求。
⑥ 扬州:在今江苏省,当时为南宋的前线,曾多次为金人攻占。

作者简介

朱敦儒(1081—1159),字希真,号岩壑,洛阳(今河南省洛阳市)人。早年志行高洁,两次被举荐为学官却不出任。高宗绍兴二年(1132),赐进士出身,为秘书省正字。其早年词作风格浓艳,南渡后词作多有家国之恨,具有现实意义。其著有词集《樵歌》。

题 解

《相见欢》,又称《乌夜啼》,唐教坊曲名,后用作词调。此篇作于高宗建炎元年(1127),作者逃亡至金陵,登上金陵城西门城楼有感。上阕写金陵壮阔之景,夕阳垂地,大江东流。正如国运衰微的宋王朝,已经是余晖黯淡,颓势无可挽回。下阕由写景转而叙事,中原已经沦陷,达官贵族们逃散纷纷。"几时收"一句,表达出作者深深的亡国之痛,以及渴望收复失地的愿望。但是,作者对此似乎是悲观的,因为他在末句中感受到的是

江南词

"悲风",流露出对朝廷偏居一隅的不满。作者运用拟人的手法,请悲风吹泪到南宋的抗金前线——扬州,忧国忧民之思尽在其中。

集 评

笔力雄大,气韵苍凉,短调中具有万千气象。(清陈廷焯《词则》)

蝶恋花

范成大

春涨一篙①添水面②。芳草鹅儿,绿满微风岸。画舫③夷犹④湾百转。横塘塔近依前远。⑤

江国⑥多寒农事晚。村北村南,谷雨才耕遍。秀麦⑦连冈桑叶贱。看看⑧尝面⑨收新茧。

* 选自唐圭璋编《全宋词》,北京:中华书局,1965年,第1613页。
① 一篙:形容水深的程度。篙,撑船用的竹竿。
② 添水面:指水变深、水面扩大。
③ 画舫:彩船。
④ 夷犹:犹豫的样子,这里指船移动得很慢。
⑤ "横塘"句:横塘,在苏州西南。塔,即虎丘云岩寺塔。"塔近依前远"的意思是看着好像很近,其实还在很远的地方。
⑥ 江国:指江南水乡。
⑦ 秀麦:出穗扬花的麦子。
⑧ 看看:即将。
⑨ 尝面:指摘取已熟未收割的麦穗,揉下麦粒,炒干研碎,取以尝新。

作者简介

范成大(1126—1193),字致能,号石湖居士,谥号文穆,吴郡(今江苏省苏州市)人。其官至参知政事,晚年退居苏州石湖。范成大与杨万里、陆游、尤袤合称南宋"中兴四大诗人",他的田园诗有很高的成就。其词多描写自然风光,温润清新,著有《石湖居士诗集》《石湖词》。

题 解

《蝶恋花》,原为唐教坊曲名,后用作词调名。此篇为作者退居石湖期间所作,描写了苏州春季的田园风光。上阕写苏州春景,作者在小船之中,望见春水、芳草、小鹅等清新景致,奠定全词欢快闲适的基调。舟行缓缓,虽然高塔似近还远,但作者并不着急,反而流连于沿途的好景致。下阕写田园农事,并点明了"谷雨"这一时间点。谷雨时节,雨量增多,适于耕种,正是江南农事繁忙的时候,但农民们皆自得其乐。从最末句"看看尝面收新茧"可以看出,丰收在望,农民们的心情是喜悦的,也体现出作者对这种农家生活的热爱与赞美。

清平乐

辛弃疾

茅檐①低小。溪上青青草。醉里蛮音相媚好②。白发谁家翁媪③。

大儿锄豆溪东。中儿正织鸡笼。最喜小儿亡赖④,溪头卧剥莲蓬。

* 选自唐圭璋编《全宋词》,北京:中华书局,1965年,第1885页。
① 茅檐:茅草屋。
② 蛮音:一作"吴音",吴地的方言。作者当时在信州(今江西省上饶市),方言属吴音。相媚好,既指吴音亲切动听,又指相互打趣。

③ 翁媪：指老翁、老妇。
④ 亡赖：指小孩顽皮、好动的样子。亡，通"无"。

> **题 解**

《清平乐》，词牌名，又名《忆萝月》《醉东风》。宋孝宗淳熙八年(1181)，辛弃疾被豪臣弹劾，罢职后退居信州，此篇当作于寓居信州期间。词中描绘出一幅和谐安宁的农村景象。作者从生机勃勃的农村景色写起，醉里听到动听的吴音，见一对老翁、老妇正在唠家常，愈发觉得亲切。下阕则写自己三个儿子正在从事的农业劳动，体现出作者一家人非常融入农村生活。尤其是憨态可掬的小儿子，正专心地剥着莲蓬。可见乡村生活的恬然自适，也可见作者内心的开朗喜悦。

扬州慢

姜 夔

淳熙丙申①至日②，予过维扬③。夜雪初霁，荠麦弥望。入其城，则四顾萧条，寒水自碧，暮色渐起，戍角悲吟。予怀怆然，感慨今昔，因自度此曲。千岩老人④以为有黍离之悲⑤也。

淮左名都⑥，竹西⑦佳处，解鞍少驻⑧初程。过春风十里⑨，尽荠麦青青。自胡马窥江⑩去后，废池乔木，犹厌言兵。渐黄昏，清角吹寒，都在空城。

杜郎⑪俊赏，算而今、重到须惊。纵豆蔻词工⑫，青楼梦好⑬，难赋深情。二十四桥⑭仍在，波心荡、冷月无声。念桥边红药，年年知为谁生。

* 选自唐圭璋编《全宋词》，北京：中华书局，1965年，第2180页。

七、现实人生

① 淳熙丙申：宋孝宗淳熙三年(1176)。
② 至日：冬至日。
③ 维扬：旧时扬州别称。
④ 千岩老人：南宋诗人萧德藻，自号千岩老人，对姜夔极为赏识，还将自己的侄女许配给姜夔。
⑤ 黍离之悲：《黍离》为《诗经·王风》篇名。周平王东迁后，周大夫经过西周故都，看见宗庙毁坏，尽为禾黍，彷徨不忍离去，遂作此诗。后以"黍离"表示故国之思。
⑥ 淮左名都：指扬州。宋朝的行政区设有淮南东路和淮南西路，扬州属淮南东路，故称淮左名都。
⑦ 竹西：竹西亭，扬州名胜之一，在扬州北门外。杜牧《题扬州禅智寺》："谁知竹西路，歌吹是扬州。"
⑧ 少驻：稍稍停留。
⑨ 春风十里：指扬州原先十分繁华的十里长街。杜牧《赠别》："春风十里扬州路，卷上珠帘总不如。"
⑩ 胡马窥江：指金兵进犯长江一代。宋高宗建炎三年(1129)，金军渡江初犯扬州；其后宋绍兴三十一年(1161)、宋隆兴二年(1164)，金兵又背盟南侵。
⑪ 杜郎：指唐朝诗人杜牧。
⑫ 豆蔻词工：化用杜牧在扬州所作《赠别》"豆蔻梢头二月初"句。
⑬ 青楼梦好：化用杜牧在扬州所作《遣怀》"赢得青楼薄幸名"句。
⑭ 二十四桥：扬州城内古桥。杜牧《寄扬州韩绰判官》有"二十四桥明月夜"句。

题 解

这首词作于宋孝宗淳熙三年(1176)冬至日，姜夔因路过扬州，目睹了金兵南下，洗劫扬州后的萧条景象，这首词多处化用杜牧写扬州的名句，通过杜牧笔下扬州的美丽繁华，与如今战争后的苍凉萧条形成强烈对比，抚今追昔，寄托对扬州昔日繁华的怀念和今日山河残破的哀思。

江南词

集 评

白石词《疏影》《暗香》《扬州慢》《一萼红》《琵琶仙》《探春》《八归》《淡黄柳》等曲,不惟清空,又且骚雅,读之使人神观飞越。(宋张炎《词源》)

姜白石《扬州慢》云:"二十四桥仍在,波心荡,冷月无声。"此皆平易中有句法。(宋张炎《词源》)

"二十四桥仍在,波心荡,冷月无声",是"荡"字着力。所谓一字得力,通首先采,非炼字不能然,炼亦未易到。(清先著、程洪《词洁》)

"犹厌言兵"四字,包括无限伤乱语。他人累千百言,亦此韵味。(清陈廷焯《白雨斋词话》)

绍兴三十年,完颜亮南寇,江淮军败,中外震骇。亮寻为其臣下弑于瓜州。此词作于淳熙三年,寇平已十有六年,而景物萧条,依然有废池乔木之感。(清郑文焯《郑校白石道人歌曲》)

此为赋体,哀时念乱之感,一以摹写被兵后景象出之。……写被兵之地寂寞无人,鲍照之赋,杜陵之诗,亦不是过。(陈匪石《宋词举》)

江南相关知识

扬州

扬州,古称广陵、江都、维扬,位于我国江苏省中部,长江与京杭大运河交汇处。由于它的地理位置特殊,是水路运输的重要城市,因此在历史上曾有非常重要的地位。扬州风景秀丽,是典型的江南水乡,瘦西湖、二十四桥、竹西亭都是扬州的著名景点。扬州历史上经济也十分发达。张祜《纵游淮南》一诗,曾这样描绘扬州:"十里长街市井连,月明桥上看神仙。人生只合扬州死,禅智山光好墓田。"足以体现扬州的繁华和令人向往。当然,与扬州最有缘分的就是唐代大诗人杜牧,他的名句"春风十里扬州路""二十四桥明月夜""十年一觉扬州梦",成了那个曾经如梦般繁华的扬州最好的注脚。

沁园春

陈维崧

　　甲寅十月,余客梁溪。初五夜刚半,忽有声从空来,窅然①长鸣,乍扬复沉。或曰,此鬼声也。明日乡人远近续至,则夜中尽然。既知城中数十万户,无一家不然。嘻,亦大异矣!词以纪之。

　　叶黑枫青,纸窗碎鸣,其声翏然②。似髑髅血绣③,千般诉月,刍灵藓涩④,百种啼烟。鸦啸辀张⑤,猿吟凄异,崩剥前和⑥树腹穿。亲曾听,在他乡独夜,老屋东偏。

　　诘朝远近喧传⑦。遍檐霤⑧、啾啾却复前。岂长平坑卒,尽凭越觋⑨,东阳夜怪⑩,群会吴天。满县彭生⑪,一城伯有⑫,鬼董搜神仔细编⑬。然疑久,怕难探龟笑⑭,且问筵篿⑮。

　　* 选自南京大学中国语言文学系《全清词》编纂研究室编《全清词·顺康卷》,北京:中华书局,2002年,第4207页。

　① 窅然:幽暗、深远貌。
　② 翏然:象声词,指长风声。
　③ 髑髅:多指死人头骨。血绣,血色的花纹。
　④ 刍灵:用茅草扎成的人马,为古人送葬之物。藓涩,苔藓丛生。唐张祜《题杭州孤山寺》:"断桥荒藓涩,空院落花深。"
　⑤ 鸦:俗称猫头鹰。辀张,强横,嚣张,一说惊惧貌。
　⑥ 崩剥:倒塌,剥落。前和,棺的前额,方言称"前和头"。
　⑦ 诘朝:即诘旦,指平明,清晨。喧传,犹哄传、盛传。
　⑧ 檐霤:屋檐下接水的沟槽。一说屋檐流下的雨水。
　⑨ 长平坑卒:长平之战中,被秦军将领白起下令坑杀的赵国降卒。觋,巫师。

江南词

⑩ 东阳夜怪：典出唐传奇《东阳夜怪录》。略叙彭城秀才成自虚雪夜投宿一庙，庙中病僧慷慨相助，后有数人趋至，众人环坐作诗论文。天明成自虚才发觉夜间所见者，皆为驴、牛、猫等家禽动物。

⑪ 彭生：春秋时齐国公子，曾奉齐襄公之命，杀害了鲁桓公。鲁国派人质问齐国。襄公杀死彭生，给鲁国赔罪。后来，襄公到外面打猎，遇见一头大野猪，从者说是公子彭生。事见《左传·桓公十八年》《庄公八年》。

⑫ 伯有：春秋郑国大夫良霄的字。他主国政时，和贵族驷发生争执，被杀于羊肆。传说其死后变为厉鬼作祟，郑人互相惊扰，以为"伯友至矣"。事见《左传·襄公三十年》《昭公七年》。

⑬ 鬼董：一名《鬼董狐》，宋代的一本记录鬼故事的书。搜神，晋干宝所撰志怪小说。

⑭ 龟荚：亦作"龟策"，指龟甲和蓍草，古人用它来占卜吉凶。

⑮ 筵簿：亦作"筵篰"。古楚地人占卜的一种方法。

作者简介

陈维崧(1625—1682)，字其年，号迦陵，江苏宜兴人，"明末四公子"之一的陈贞慧之子。幼承家训，少有才名，然仕途蹭蹬。康熙十八年，召试博学鸿词科，名列一等，授检讨，与修《明史》。维崧文工于骈体，诗风前期雄丽，后期沉郁。其词作成就最高，推崇"苏辛"词风，为"阳羡词派"领袖，在清初词坛与朱彝尊并列。其词今存一千六百二十九阕，词调四百余，冠冕词林。陈维崧著有《湖海楼诗集》《陈迦陵文集》《迦陵词》等，另有程恭注《陈检讨四六》二十卷行世。

题　解

陈维崧素来关心民瘼，其词有"词史"之称。这首词是词人客寓梁溪、晚闻诡异之声而作。词序所言"甲寅"为康熙十三年(1674)，正当"三藩"战乱时。全词笔调诡谲，光怪陆离，营造了一个魑魅魍魉的鬼怪世界。上阕描摹其声,极尽铺陈之能事,所选取的"髑髅""刍灵""鸮猿"均是阴沉之物,让人不禁惶恐悚然。下阕进一步开拓词人想象的空间,推溯其声音的来源,都是历史上惨烈凄恻之声、怪异难言之事。全词选取多重意象,择取各种典故,为这夜中之鬼声蒙上了一层神秘、奇异而骇人的色彩。

· 江南相关知识 ·

梁溪

梁溪,古水名。在今江苏省无锡市旧城西门外,经无锡城北黄埠墩接运河,自黄埠墩南分二支入太湖。《清一统志·常州府一》:梁溪"源出惠山,古溪极隘。梁大同中重浚,故名。或以梁鸿居此而名"。此外,梁溪也是旧无锡的别称,宋代无锡人费衮著有《梁溪漫志》。

满江红·楚黄署中闻警

顾贞立

仆本恨人①,那禁得、悲哉秋气②。恰又是、将归送别,登山临水。一派角声烟霭外,数行雁字③波光里。试凭高、觅取旧妆楼,谁同倚。

乡梦远,书迢递。人半载,辞家矣。叹吴头楚尾④,翛然孤寄⑤。江上空怜商女曲⑥,闺中漫洒神州泪。算缟綦⑦、何必让男儿,天应忌。

* 选自南京大学中国语言文学系《全清词》编纂研究室编《全清词·顺康卷》,北京:中华书局,2002年,第3761页。

① 恨人:失意抱恨的人。南朝梁江淹《恨赋》:"于是仆本恨人,心惊不已。"
② 悲哉秋气:语出宋玉《九辩》"悲哉,秋之为气也"句。

江南词

③ 雁字：成列而飞的雁群。群雁飞行时常排成"一"或"人"字，故称。

④ 吴头楚尾：指江西省北部和安徽省西南部一带，是春秋时吴、楚两国的交界处。其地位于吴地长江的上游、楚地长江的下游，故称。

⑤ 倏然：形容迅疾。孤寄，指独身寄居他乡。

⑥ 商女曲：指亡国之音，化用杜牧《泊秦淮》"商女不知亡国恨，隔江犹唱后庭花"句。商女，歌女。

⑦ 缟綦：即缟衣綦巾，白绢上衣与浅绿色围裙，古时女子所服，这里代指女子。

作者简介

顾贞立(1623—1699)，原名文婉，字碧汾，自号避秦人，江苏无锡人。顾贞观之姊，同邑侯晋之妻，进士、主事侯麟勋母，东林党领袖顾宪成曾孙女。生于望族，才华横溢，然其夫平庸，婚姻生活不尽人意，故多凄婉之作。诗词皆工，著有《餐霞子集》，无锡《金匮县志》著录为《栖香阁诗词稿》，今未见。今存《栖香阁词》二卷。

题 解

此篇为作者随宦楚黄所作。楚黄大约在今江西省北部，即词中所云"吴头楚尾"。顾贞立出生于江南文学世家，在江南度过了烂漫洒落的少女生活，但其婚后生活却并不和谐，愁苦郁愤之气塞于心中，一触即发。"仆本恨人"开门见山，借用江淹《恨赋》之句，表露了复杂的苦闷心音。"恨"字统领全篇，奠定了全词的感情基调。于是万物萧瑟、青春易逝的悲秋情结，辞亲去旧、乡书难达的孤独心境，盛景不再、婚姻难和的失望情绪，生不逢时、报国无门的无可奈何……一一倾泻于笔端。结句"算缟綦、何必让男儿，天应忌"，透发出巾帼不让须眉的豪情与抱负。词的上阕写家恨，下阕写国殇，以议论入词，行文雄健，语带风云，情韵劲爽，实非寻常闺阁之作。

七、现实人生

> **集 评**
>
> 语带风云,气含骚雅,殊不似巾帼中人作者,亦奇女子也。(清郭麐《灵芬馆词话》)

台城路

蒋春霖

金丽生自金陵围城出①,为述沙洲避雨光景,感成此解。时画角咽秋,灯焰惨绿,如有鬼声在纸上也。

惊飞燕子魂无定②,荒洲坠如残叶。树影疑人,鸱声幻鬼③,欹侧春冰途滑④。颓云万叠⑤。又雨击寒沙,乱鸣金铁。似引宵程,隔溪磷火乍明灭⑥。

江间奔浪怒涌,断笳时隐隐,相和呜咽。野渡舟危,空村草湿,一饭芦中凄绝⑦。孤城雾结。剩胃网离鸿⑧,怨啼昏月。险梦愁题,杜鹃枝上血。

* 选自《清代诗文集汇编》编纂委员会编《清代诗文集汇编》,上海:上海古籍出版社,2010 年,第 670 册第 579 页。

① 金丽生:即金澍,字丽生,浙江嘉善人。

② "惊飞"二句:惊魂不定的燕子如残叶一般,坠落在荒凉的沙洲上。这是说人如惊弓之鸟。

③ 鸱声幻鬼:猫头鹰的叫声像鬼哭一样。鸱,猛禽,俗称猫头鹰。

④ 欹侧:倾斜、歪斜。春冰,春天的冰。薄而易裂,故多喻指危险的境地。

⑤ 颓云万叠:形容黑云密布、暴雨欲来的情景。颓云,下坠的云。

⑥ "似引"二句:这是说一路磷火闪烁不定,似乎在为行人引路。磷火,俗称鬼火。旧传为人畜死后血所化,实为尸骨中分解出的磷化氢自燃现象。宵程,夜间的行程。

⑦ "一饭"句:典出赵晔《吴越春秋》:"子胥乃潜身于深苇之中,有顷,父来,持

江南词

麦饭、鲍鱼羹、盎浆,求之树下,不见,因歌而呼之曰:'芦中人,芦中人,岂非穷士乎!'"

⑧胃网离鸿:这是说许多人落入太平军之手,羁留城中不得出。《诗经·邶风·新台》:"渔网之设,鸿则离之。"

作者简介

蒋春霖(1818—1868),字鹿潭,江阴(今江苏省江阴市)人。晚清著名词人,时人称为"倚声家之老杜"。同治七年(1688)冬,访友途中,自沉于吴江垂虹桥。早岁工诗,中年专力于词。凡登山临川,伤离悼乱,每有感慨,均寄于词。所作多抒写身世之感,慷慨愤懑,抑郁悲凉,风格近于南宋姜白石、张炎。著有《水云楼烬余稿》、《水云楼词》二卷、《补遗》一卷。

题 解

这首词是词人有感于友人金丽生从慌乱的金陵城中逃出而作。此时,太平军正占领金陵,城中一片混乱景象,百姓流离失所。词作表达了词人对于战乱的痛恶和百姓生活困顿的哀伤,寸寸愁肠凝结着对于金陵这座历史古城的担忧和痛惋。词作以从视觉、听觉各方面描写了友人奔逃的惊慌失措和城内凄凉零落的景象。通过多重意象的反复渲染,其情境和情感由低沉转而激昂,继而又陷入更深沉的幽怨当中,更添怆恻。

集 评

鹿潭《台城路》……状景逼真,有声有色。因思迦陵《贺新郎·作家书竟题范龙仙书斋壁上〈芦雁图〉》……绘声绘影,字字阴森,逼人毛发,真乃笔端有鬼。然同一设色,而陈自纵横,蒋多萧戚。言为心声,蒋所遇之穷,又不逮陈远矣。(清陈廷焯《白雨斋词话》)

层折极多,有声有色。……正面描绘,只一二语便无微不至。余仍写身世之感。(清陈廷焯《词则》)

凉叶飘砌,凄虫絮壁,夜窗无俚,读江阴蒋鹿潭《水云楼词》,满纸秋声,掩抑低回,不能自已。其《凄凉犯·夜泊万福桥》云云,及《台城路·金丽生自金陵围城出》云云,二词写烽烟流离之状,恍同亲历。(惠瑜《筠轩漫录》)

凄凉犯

蒋春霖

十二月十七日夜,大寒,读书至漏三下,屋小如舟,虚窗生白,不知是月是雪?因忆江南野泊,雪压篷背时光景正复似之。

短檐铁马和冰语①,敲阶更少残叶。鼠声渐起,芸编倦拥②,酒怀添渴。疏灯晕结,觉霜逼、帘衣自裂。似扁舟、风来柂尾③,野岸冷云叠。

回首垂虹夜④,瘦艣⑤摇波,一枝箫咽。窗鸣败纸⑥,尚惊疑、打篷干雪。悄护铜瓶,怕寒重、梅花暗折。却开门,树影满地压冻月⑦。

* 选自《清代诗文集汇编》编纂委员会编《清代诗文集汇编》,上海:上海古籍出版社,2010年,第670册第571页。

① 铁马:即檐马,也叫风铃、风马儿。悬于屋檐下,风起则铮琮有声。
② 芸编:指书籍。芸,香草,置书页内可以辟蠹,故称。
③ 柂:意同"舵",控制船舰等行驶方向的装置。
④ 垂虹:指垂虹桥,建于北宋,在今苏州市吴江区。
⑤ 艣:一种比桨大的划船工具。
⑥ 败纸:破旧的纸。

江南词

⑦"却开门"二句：化用厉鹗《齐天乐·秋声馆赋秋声》"独自开门，满庭都是月"句。

题解

这首词是词人在大寒之夜回忆江南夜泊而作，笔调苍凉沉郁，表现了在人世沧桑中的悲苦之心。上阕描写屋外之风啸雪语，和屋内词人伴酒读书的情境，萦绕着孤独、凄冷的情绪。下阕将时空转换到江南雪夜，相似的景象彼此呼应，恍若梦中，让人心生尘外之想，也不由得感慨人的生命在相似中恍然度过。本篇是寒士的哀鸣，其无奈中饱含着凝重的孤寂与悲凉。

集评

此词清绝，警绝！读之觉满纸有寒色。（清陈廷焯《词则》）

余友谢孝萍云："鹿翁此阕《凄凉犯》不知作于何年。换头有'回首垂虹夜'语，因知题序'江南野泊'之所在，乃是吴江垂虹桥。《凄凉犯》词激楚哀怨，下片有'怕寒重、梅花暗折'语，似已兆同治戊辰鹿翁偕姬人黄婉君舣舟垂虹，一昔而卒之谶。"（周梦庄《水云楼词疏证》）

八、感 怀

潇湘神

刘禹锡

斑竹①枝。斑竹枝。泪痕点点寄相思。楚客②欲听瑶瑟③怨。潇湘④深夜月明时。

* 选自曾昭岷等编著《全唐五代词》,北京:中华书局,1999年,第63页。

① 斑竹:湖南产的一种带有斑纹的竹子。相传舜死于苍梧,他的两个妃子娥皇、女英追之不及,恸哭不已,泪洒竹上形成斑点,故又称泪竹、湘妃竹。

② 楚客:原指战国时楚国屈原,屈原忠而被谤,流落他乡,故称"楚客"。这里是刘禹锡借屈原的遭遇自比。

③ 瑶瑟:以美玉装饰而成的瑟,典出《楚辞·远游》"使湘灵之鼓瑟兮"句。湘灵,即娥皇、女英死后化为湘水之神,常常鼓瑟诉说哀怨。

④ 潇湘:原指潇水与湘江,潇水在今湖南省永州市与湘水汇合,二水北流入洞庭湖。这里泛指湖南地区。

作者简介

刘禹锡(772—842),字梦得,洛阳(今河南省洛阳市)人,自称中山(今河北省定县)人。唐代著名诗人,后世称其为"诗豪",与柳宗元并称"刘柳",与白居易并称"刘白"。著有《陋室铭》《乌衣巷》《竹枝词》等名篇,有《刘梦得文集》。

题 解

《潇湘神》,又名《潇湘曲》,原为唐代潇湘间祭祀湘妃所用之曲,刘禹锡为填两词,此为其中一首。刘禹锡作此词时正贬官朗州(今湖南省常德市),因此借屈原放逐、湘妃泣竹的典故,寄托自己政治受挫的幽怨哀思。

集 评

刘梦得《竹枝》九章,词意高妙,元和间诚可以独步。道风俗而不俚,追古昔而不愧,比之杜子美《夔州歌》所谓同工而异曲也。昔苏子瞻尝闻余咏第一篇,叹曰:"此奔逸绝尘,不可追也。"(惠淇源《婉约词》引黄庭坚《山谷琴趣外篇》)

此以竹枝歌谣之调,而造老杜诗史之地位。(清翁方纲《石洲诗话》)

长相思

白居易

汴水①流。泗水②流。流到瓜州③古渡头。吴山④点点愁。
思悠悠。恨悠悠。恨到归时方始休。月明人倚楼。

* 选自曾昭岷等编著《全唐五代词》,北京:中华书局,1999年,第74页。
① 汴水:源于河南省荥阳市北,经徐州与泗水合流,南下入淮河。
② 泗水:源于山东蒙山南麓,经徐州、淮阴入淮河,又经京杭大运河入长江。
③ 瓜州:古渡口名,在今江苏省扬州市邗江区南部,与镇江隔江相对,是京杭大运河与长江的汇合之处。
④ 吴山:泛指江南群山。

题 解

《长相思》,原唐教坊曲名,后用作词调。又名《相思令》《双红豆》。此篇为闺怨名篇,写一位女子在月下倚楼远望,触景而生相思别恨。上阕运用了比兴手法,由汴水汇入泗水、直流到瓜州渡口起兴,比喻自己情随流水东南而下,却不见丈夫行踪,只见隐于夜色中的点点吴山,一如她满面愁容。下阕抒情,女子心中的思念、因爱而产生的怨恨也如流水般悠长,而此恨无法终结,只有丈夫归来才得消除。最终"明月人倚楼"一句,以景语结情语,意味含蓄隽永。

集评

此词上四句皆谈钱塘景。(宋黄升《花庵词选》)

"点点"字俊甚。(明潘游龙《古今诗余醉》)

黄叔旸云:"此词'汴水流'四句,皆谈钱塘景。"又云:"非后世作者所及。"按泗水在今徐州府城东北,受汴水合流而东南入邳州。韩愈诗"汴泗交流郡城角"是也。瓜州即瓜州渡,在今扬州府南,皆属江北地,与钱塘相去甚远。叔旸谓"谈钱塘景",未知所指。(惠淇源《婉约词》引谢朝征《白香词谱笺》)

"吴山点点愁",五字精警。(清陈廷焯《词则》)

梦江南

皇甫松

兰烬①落,屏上暗红蕉②。闲梦江南梅熟日③,夜船吹笛雨萧萧。人语驿边桥④。

* 选自曾昭岷等编著《全唐五代词》,北京:中华书局,1999年,第92页。
① 兰烬:烛花,即蜡烛的余烬,其状似兰心,故称兰烬。
② 红蕉:即美人蕉,这里指的是屏风上画的美人蕉。
③ 梅熟日:春夏之交,为江南梅子成熟时节,时常伴随着绵绵阴雨,江南称为"黄梅天"。此写作者梦回江南梅熟的季节。
④ 驿边桥:驿站边的桥。驿,即驿站,古代外出官员或传送公文的差役在旅途中暂时休息、换马的地方。

江南词

作者简介

皇甫松,生卒年不详。一名嵩,字子奇,自号檀栾子,睦州新安(今浙江省淳安县)人,工部侍郎皇甫湜之子,宰相牛僧孺的外甥,终身未仕。工诗词,词今传二十二首,录于《花间集》《唐五代词》,尤以小令见长。

题解

《梦江南》词牌别名众多。此词原为李德裕为谢秋娘作,故名《谢秋娘》,因皇甫松此词,有"闲梦江南梅熟日"句,名《梦江南》。因白居易词又名《江南好》《忆江南》。作者描绘了梦中的江南景物,抒发了他对江南故乡的思念。虽然是思乡词,但作者全词不见一"思"字,而是选取梅子、船、驿边桥等静态景物,又加以潇潇雨声、笛声、人语等,动静结合,将自己对故乡的缱绻之情寄托于朦胧的江南暮春景色,不言"思"而"思"在其中。

集 评

好景多在闲时,风雨萧萧何害?(明汤显祖评《花间集》)

末二句是中晚唐警句。(明卓人月、徐士俊辑《古今词统》)

皇甫子奇《梦江南》《竹枝》诸篇,合者可寄飞卿庑下,亦不能为之亚也。(清陈廷焯《白雨斋词话》)

(皇甫松)词,黄叔旸称其《摘得新》二首,为有达观之见。余谓不若《忆江南》二阕,情味深长,在乐天、梦得上也。(清王国维《人间词话》)

相关江南知识

"梅熟日"

梅熟日,即指黄梅天,亦作"黄霉天"。春末夏初时,我国长江中下游地区常有连续下雨的天气,晴天较少,空气潮湿,易使衣物发霉。清代顾禄《清嘉录》卷五中记载:"芒种后遇壬为入霉,俗有'芒种逢壬便入霉'之语……皮物过夜,便生霉点,谓之黄梅天。又以其时忽晴忽雨,谚有云:'黄梅天,十八变。'"历代多有描绘梅雨的诗词,如贺铸《青玉案》:"一川烟草,满城风絮,梅子黄时雨。"赵师秀《约客》:"黄梅时节家家雨,青草池塘处处蛙。"

浣溪沙

李 璟

手卷真珠①上玉钩。依前②春恨锁重楼。风里落花谁是主,思悠悠。

青鸟③不传云外信,丁香空结④雨中愁。回首绿波⑤三楚⑥暮,接天流。

* 选自曾昭岷等编著《全唐五代词》,北京:中华书局,1999年,第725页。
① 真珠:即珍珠,此处指珠帘。
② 依前:依旧,仍旧。
③ 青鸟:代称信使。《山海经·西山经》载"又西二百二十里,曰三危之山,三青鸟居之",晋郭璞注曰"青鸟主为西王母取食者,别自栖息于此山"。传汉班固所作《汉武故事》载汉武帝在承华殿见一青鸟从西方来,为西王母信使。
④ 丁香空结:指丁香的花蕊含而不吐之貌。"丁香结"多象征愁思郁结,李商隐《代赠》有句"芭蕉不展丁香结,同向春风各自愁"。
⑤ 绿波:一作"渌波",清澈的水波。
⑥ 三楚:指南楚、东楚、西楚,泛指江南或长江流域一带。一作"三峡"。

作者简介

李璟(916—961),初名徐景通;南唐建立后,复本姓李,改名璟。其为

江 南 词

南唐烈祖李昪长子,继其父为南唐第二位君主,在位十九年(943—961),后称中主、嗣主。今传词四首,见于《南唐二主词》。

题 解

本作是李璟所存四首词之一。起句"手卷真珠上玉钩",点出女主角所处空间的贵奢气派,她的这一举动是为观望外景,但春恨依然紧锁重楼,幽闭人心。春恨,溯源唐前诗文,春多喜乐,秋多悲戚,但至词之兴起,恨与愁逐渐在词人的春季情感中占了上风,春悲、春愁、春恨塑造了以后文人们的精神世界,词中女主角亦为春恨所苦。至于"风里落花谁是主",仿佛已不是闺阁女子的心境,而能窥见不自觉流露出的、作为国君的词人需要承受的压力。乱世纷扰,在四周政权的重重威迫下,李璟从中逃避了,他并不是一个野心勃勃的君主,他的心思像飞花一般居无定所,"思悠悠"似词人的自我倾诉,从愤慨到无奈,复沓回环,遗响千古。下阕词意与上阕相连,信使青鸟并不传递音信,主人公的心思如同丁香花蕾般郁结。着一"空"字,使词意更加深沉,主角的愁绪引人泪下。而在末两句中,一切愁与恨却在滚滚长江水中付之东流,此般峥嵘景象极尽艺术手法,意在给读者造成心灵的触动。对于南唐二主的作品,李璟的词作常常被忽视,然而不可否认的是,有李璟的珠玉在前,李煜方能在此基础上开拓词境,留下更多脍炙人口的千古名篇。

集 评

李煜(当作李璟)作诗,大率都悲感愁戚……然思清句清句雅可爱。(宋阮阅《诗话总龟》)

上言落花无主之意,下言回首一方之思。(明李于麟《南唐二主词汇笺》)

八、感　怀

落花一事而用意各别,亦妙。(明沈际飞《草堂诗余正集》)

"细雨梦回鸡塞远,小楼吹彻玉笙寒""青鸟不传云外信,丁香空结雨中愁"……非律诗俊语乎?然是天成一段词也,著诗不得。(明王世贞《艺苑卮言》)

李中宗"手卷真珠上玉钩",按手卷珠帘,似可旷日舒怀矣。谁知依然恨锁重楼。所以恨者何也?见落花无主,不觉心共悠悠耳。且远信不来,幽愁空结。第见三峡波接天流,此恨何能自已乎。清和婉转,词旨秀颖。然以帝王为之,则非治世之音矣。(清黄苏《蓼园词评》)

那不魂销,绮丽芊绵。置之元明以后,便成绝妙好词,缘彼时尚以古为贵故。(清陈廷焯《云韶集》)

江南相关知识

南唐政权

南唐(937—975),五代十国时期李昇于江南建立的政权,定都江宁(今南京),后迁都南昌。传三世,即李昇、李璟、李煜。李昇原随养父徐温,名徐知诰。吴太和七年(935),南吴睿帝加封徐知诰为齐王,划十州之地归齐;同年十月,徐知诰称帝,国号"齐",改元升元;升元三年(939),徐知诰恢复李姓,改名李昇,并自称是唐宪宗之子李恪的四世孙,改国号为"唐",史称"南唐",亦称"江南国"。相对而言,南唐在十国中版图较大、经济较繁荣。李昇即位后,科举兴盛,因此南唐的文化也较为昌盛,以冯延巳、南唐二主为代表的词人更是开宋词风气之先,为宋词的发展奠定了坚实的基础。

保大九年(951),南唐乘楚内乱,派兵灭楚,但却未能巩固所得楚地,楚地为后周所夺。中兴元年(958)李璟向后周称臣,废皇帝尊号,称江南国主。宋开宝八年(975),宋军攻占金陵,后主李煜出降,被俘至汴京(今河南省开封市),至太平兴国三年(978)七月七日去世。

江南词

望江南①

李 煜

其一

多少恨,昨夜梦魂中。还似旧时游上苑②,车如流水马如龙,花月正春风。

其二

多少泪,断脸复横颐③。心事莫将和泪说,凤笙④休向泪时吹,肠断⑤更无疑。

* 选自曾昭岷等编著《全唐五代词》,北京:中华书局,1999年,第746页。

① 望江南:《南唐二主词》作《忆江南》,后《望江梅》二首亦为此调。此处依《全唐五代词》作《望江南》。

② 上苑:上林苑之简称。最初的上林苑由汉武帝建于长安,后指帝王游猎场所。此处应指南唐的皇家园圃。

③ 横颐:指眼泪在脸颊上纵横。

④ 凤笙:即笙。传汉刘向注《列仙传·王子乔》载:"王子乔,周灵王太子晋也。好吹笙,作凤鸣。游伊洛间,道士浮丘公接上嵩山。"后因此称笙为"凤笙"。

⑤ 肠断:即断肠,形容极度悲痛。

作者简介

李煜(937—978),字重光,李璟之子,继李璟位为南唐主,世称李后主。李煜在位十五年,史书描述其在政治上毫无建树。国为宋所亡,李煜也因此被囚汴京三年。因其特殊的身份与经历,李煜多有开拓词境之杰作,同时他的词风在继承了晚唐以来花间派的基础上,又受其父李璟、南

八、感　怀

唐重臣冯延巳等影响,在晚唐五代词中别具一格,并对后世词人影响深远。李煜与李璟并称"南唐二主",存词见于《南唐二主词》。

题　解

两首《望江南》为联章体。第一首"多少恨"总领全篇,显然是李煜入宋之后的亡国悲痛。"昨夜梦魂中"自是他日思夜想的故国,在异国他乡,却只能给他带来巨大的刺激。"还似旧时游上苑,车如流水马如龙,花月正春风",这与后来的"春花秋月何时了"不同。对于花月,他依然持有留恋之情,在他的梦中,花月仍是美好的象征,只是他暂失了这份欢乐,只能在言词中回忆往昔的繁华。而第二首"多少泪"则更为具体,在囚徒的生活中,李煜的心事能同谁诉说?恐怕他只剩将泪水"沾袖复横颐"的自由罢了,他只能就着笙箫管弦的乐声哭泣,而乐声直让人肝肠寸断,后主又一次陷入无限的痛苦之中。

集　评

唐词"眼重眉褪不胜春"。李后主词"多少泪,沾袖复横颐。"元乐府"眼余眉剩"。皆祖唐词之语。(明杨慎《词品》)

后主词一片忧思,当领会于声调之外,君人而为此词,欲不亡国得乎?(清陈廷焯《词则》)

此词在唐时为单调,至宋时为双调,后主词本单调两首,故前后段各自用韵。"车水马龙"句为时传诵。当年之繁盛,今日之孤凄,欣戚之怀,相形而益见,两首意本一贯也。(俞陛云《唐五代两宋词选释》)

江南词

望江梅[①]

李 煜

其一

闲梦远,南国正芳春。船上管弦[②]江面绿,满城飞絮滚轻尘。忙杀看花人。

其二

闲梦远,南国正清秋。千里江山寒色远,芦花[③]深处泊孤舟。笛在月明楼[④]。

* 选自曾昭岷等编著《全唐五代词》,北京:中华书局,1999年,第755页。
① 望江梅:又名《望江南》《忆江南》,此处据《全唐五代词》作《望江梅》。
② 管弦:管乐器与弦乐器的总称。管乐器,如箫、笛;弦乐器,如琴、瑟。
③ 芦花:芦苇花轴上密生的白毛,芦苇通常生长在水边。
④ 月明楼:明月朗照的楼阁。唐张若虚《春江花月夜》诗:"谁家今夜扁舟子,何处相思明月楼。"

题 解

此二首《望江梅》为联章体,分别写江南春秋。南唐是属于江南的国度,而身为国主的李煜,此时已被囚于汴京。"闲梦远"三字为引,"梦"便为全词总领。李煜回忆故国,江南春秋之景已宛如一梦。春景温柔轻快,秋景肃杀凄清。其一之"芳春",有碧青江水上的乐声,有轻盈飞舞的柳絮,有来往的行人车马;其二之"清秋",有旷远无际的江山,有瑟瑟点缀江水的芦花,有孤独寂寞的小船,亦有楼台之上的横吹笛声。这两首《望江梅》,看似一喜一悲,实则都落入悲情,落到落魄国君对过往江山的留恋中去。

八、感　怀

> **集评**
>
> 寥寥数语,括多少景物在内。(清陈廷焯《词则》)

浪淘沙

李　煜

帘外雨潺潺。春意将阑①。罗衾②不暖五更③寒。梦里不知身是客,一晌④贪欢。

独自莫凭阑,无限关山。别时容易见时难⑤。流水落花春去也,天上人间。

* 选自曾昭岷等编著《全唐五代词》,北京:中华书局,1999年,第765页。
① 阑珊:衰败貌。
② 罗衾:绮罗绸缎做成的被子。
③ 五更:古代自黄昏至拂晓一夜之间,共设置五个时间节点,又称五鼓、五夜。第五更约为天将明之时。
④ 一晌:片刻,很少的时间内。
⑤ "别时"句:见魏曹丕《燕歌行》"别日何易会日难"句。此处用曹丕语典。

> **题解**
>
> 上阕从暮春夜雨起兴。词人梦醒后,回忆梦中所见,不过是片刻欢愉。而眼前春雨潇潇,在欢梦破碎后,更显凄切。下阕承上阕的心理活动,为遣伤心,有了一系列的行为,而"独自莫凭阑"则更增益了这份悲情。抬眼望去,便是无限江山。在被囚的时岁中,词人对地处江南的故国有着无限的怀念,而时过境迁,"别时容易见时难"也正是点明词人对这种国破家亡的伤别无能为力。结尾"流水落花春去也,天上人间",则

是词人对人生、对故国、对世间的最后诀别。当一切美好、一切春色都随时间流逝，个人的生命已经无法至于天地之间，唯有词中固有的气象，足以动人心魄。

集 评

《西清词话》云："南唐李后主归朝后，每怀江国，且念嫔妾散落，郁郁不自聊，尝作长短句……含思凄惋，未几下世。"（宋胡仔《苕溪渔隐丛话》）

结句"春去也"，悲悼万状。（明李攀龙《草堂诗余隽》）

南唐主《浪淘沙》曰："梦里不知身是客，一晌贪欢。"至宣和帝《燕山亭》则曰："无据。和梦也有时不做。"情更惨矣。呜呼，此犹《麦秀》之后有《黍离》也。（清贺裳《皱水轩词筌》）

绵邈飘忽之音，最为感人之至。李后主之"梦里不知身是客，一晌贪欢"所以独绝也。（清郭　《灵芬馆词话》）

虞美人

李　煜

春花秋月何时了①。往事知多少。小楼昨夜又东风。故国②不堪回首月明中。

雕阑玉砌③依然在。只是朱颜改④。问君都有几多⑤愁。恰似一江春水向东流。

* 选自曾昭岷等编著《全唐五代词》，北京：中华书局，1999年，第741页。

① 了：了结，结束。
② 故国：指南唐政权。
③ 雕栏玉砌：雕花的阑干与用玉砌成的台阶，指宫殿。

④ 朱颜改:美好的容颜衰败,暗指南唐灭亡一事。
⑤ 几多:多少。

题 解

据传,本阕《虞美人》是南唐后主李煜在被毒死前夕所作,堪称绝命词。"春花秋月何时了"与"往事知多少"两问,正是对时间的诘问。李煜此时被囚三载,对被剥夺了一切的他而言,春花秋月也成为可厌之物,只能回忆往事,徒添悲恨。接下来句中"又"字,亦是呼应被囚生活的痛苦,南唐已成故国,在国破家亡的巨大灾难中,往事亦不能给李煜带来欢娱,唯有"不堪回首"的羞报。"月明"承接秋月,是以具体事物补充前问的做法。

过片则用曲笔——"雕栏玉砌应犹在"。在恒常的变化中,自有不变之物,而此不变之物,更是见证了变者的凄凉。"朱颜改"暗指江山易主,"改"这一动词,恰当地表现了一切愁与恨的起因。"问君能有几多愁"的"愁"字,是末世国君情感的容纳。将愁比作水,前人如李白《宣州谢朓楼饯别校书叔云》中"抽刀断水水更流,举杯消愁愁更愁"句,将流水与愁绪并举,因愁绪如绵绵不断的流水。而李煜的亡国之恨,更像是向东海流去的江南春水,无边无际、无情无尽。

作为读者,我们永远不能体会亡国之君的悲痛,而对于李后主的炽烈之情、肺腑之痛,只能从他的词中略知一二了。

集 评

李煜归朝后,郁郁不乐,见于词语。在赐第,七夕命故妓作乐,闻于外,太宗怒,又传"小楼昨夜又东风",并坐之,遂被祸。(宋陆游《避暑漫钞》)

世称秦词"愁如海"为新奇,不知李后主已云"问君能有几多愁,恰似一江春水向东流",但以江为海耳。(宋陈师道《后山诗话》)

诗家有以山喻愁者。如杜少陵云"忧端如山来,澒洞不可掇",赵嘏云"夕阳楼上山重叠,未抵春愁一倍多"是也。有以水喻愁者,李颀云"请量东海水,看取浅深愁",李后主云"问君都有几多愁?恰似一江春水向东流",秦少游云"落红万点愁如海"是也。贺方回云:"试问闲愁知几许,一川烟草,满城风絮,梅子黄时雨。"盖以三者比之愁多也,尤为新奇,兼兴中有比,意味更长。(宋罗大经《鹤林玉露》)

徐士俊云:只一"又"字,宋元以来抄者无数,终不厌烦。(明卓人月、徐士俊辑《古今词统》)

山谷羡后主此词。荆公云:"未若'细雨梦回鸡塞远,小楼吹彻玉笙寒'尤为高妙。"(明董其昌《评注便读草堂诗余》)

诗何以"余"哉?"小楼昨夜",《哀江头》之余也;"水殿风来",《清平调》之余也;"红藕香残",《古别离》之余也;"将军白发",《从军行》之余也;"今宵酒醒",《子夜》《懊侬》之余也;"大江东去",鼓角横吹之余也,诗以"余"亡,亦以"余"存。(清尤侗《延露词序》)

钟隐入汴后,"春花秋月"诸词,与"此中日夕只以眼泪洗面"一帖,同是千古情种,较长城公煞是可怜。(清王士禛《花草蒙拾》)

菩萨蛮

冯延巳

沉沉朱户横金锁。纱窗月影随花过。烛泪欲阑干①。落梅生晚寒。

宝钗横翠凤②。千里香屏梦③。云雨已荒凉④。江南春草长。

八、感　怀

* 选自曾昭岷等编著《全唐五代词》,北京:中华书局,1999 年,第 700 页。

① 阑干:烛蜡纵横貌。

② "宝钗"句:钗饰散乱,鬓发不整。翠凤,绿色的凤鸟,是在妇女钗头的装饰物。

③ "千里"句:指屏后的女主人公梦中思绪到了千里之外。

④ "云雨"句:云雨,用宋玉《高唐赋》典故,指男女欢会。云雨荒凉,指女主人公与情人的感情转淡。

作者简介

冯延巳(903—960),又作冯延嗣,字正中,广陵(今江苏省扬州市)人。五代十国著名词人,仕于南唐烈祖、中主二朝,三度入相,官终太子太傅,卒谥忠肃。冯延巳一向以才艺自负,招人嫉恨,而南唐政权疲软无力,后又走向覆灭,这一切注定冯延巳生命历程中的悲剧色彩。冯延巳词作见于《阳春集》,其词风对北宋影响颇深,保留下来的词作数量在唐五代词人中最多。

题　解

冯延巳被王国维评为"堂庑特大,开北宋一代风气"。此阕《菩萨蛮》中,女主角久居深闺,与世隔绝。上阕的"沉沉朱户"之上又加"金锁",已是幽闭,又有月影残照、落梅飘零、蜡炬成灰的眼前景,更添几分凄凉。一转入下阕,被禁锢的女主角却进入了另一个时空。在梦境中,她千里追寻情人的踪迹。可两人的情义疏淡,她只能惆怅自怜。但江南的漠漠春草与沉沉朱户相比,终是更加阔大的景色。仍然,场域的转换与扩张并不能慰藉女主角内心的萧索,更大的悲剧由此而生。

集评

《菩萨蛮》诸阕,语长心重,温、韦之亚也。(清陈廷焯《词则》)

以江南繁华之地,作者青紫登朝,而言云雨荒凉,江南草长,满纸萧索之音,殆近降旛去国时矣。(俞陛云《全唐五代两宋词选释》)

诉衷情近

柳 永

雨晴气爽,伫立江楼望处。澄明远水生光,重叠暮山耸翠。遥认①断桥②幽径,隐隐渔村,向晚③孤烟起。

残阳里。脉脉朱阑静倚。黯然情绪,未饮先如醉。愁无际。暮云过了,秋光老尽,故人千里。竟日④空凝睇。

* 选自唐圭璋编《全宋词》,北京:中华书局,1965年,第30页。
① 遥认:远远辨认。
② 断桥:或指杭州断桥。
③ 向晚:临近夜晚,黄昏。
④ 竟日:终日,整日。

题解

此首词为典型的悲秋之作。开篇总写伫立江楼、登高远眺。远水澄明,重山苍翠,正是清爽秋景。紧接着词人瞩目江村,"遥认"三句所勾勒图景错落有致,又加强画面纵深。下阕过片暗指时间流逝,词人的哀愁情绪溢于言表与行动。他沉默地倚着朱栏,黯然愁思汹涌无际,竟有了"未饮先如醉"的状态。当黄昏云烟消逝,秋天光景老去,一天与一年的时间也不再留下痕迹,而词人愁思之所起却是水落石出,竟是因"故人千里"。

此句使整首词悲秋、怀人的二重主题变得明晰。然而在一切问题得到解答之后,词人又以短促的一句"竟日空凝睇"作结。故人已不可见,一切凝睇都是无望。

集 评

屯田《诉衷情近》七十五字体:"雨晴气爽,伫立江楼望处。澄明远水生光,重叠暮山耸翠。"红友于"翠"字注韵,殊不知"处"字即韵。蒋胜欲《探春令》,处、翅、住、指,并叶,可证。且从无至第四句二十二字才起韵之理。(清吴衡照《莲子居词话》)

蝶恋花
晏几道

梦入江南烟水路。行尽江南,不与离人遇。睡里消魂无说处。觉来①惆怅消魂误。

欲尽此情书尺素②。浮雁沉鱼③,终了④无凭据。却倚缓弦歌别绪。断肠移破⑤秦筝⑥柱。

* 选自唐圭璋编《全宋词》,北京:中华书局,1965年,第225页。
① 觉来:睡醒。
② 尺素:指书信。素,即素绢,古人多用长约一尺的素绢来写信,因称书信为尺素。如《饮马长城窟行》:"呼儿烹鲤鱼,中有尺素书。"
③ 浮雁沉鱼:大雁高飞,游鱼沉溺。大雁与游鱼代表寄信的使者,词人意谓大雁、游鱼踪迹不定,无法送去相思的书信。
④ 终了:纵了,即使写成。无凭据,不可靠。
⑤ 移破:移尽,移遍。
⑥ 秦筝:与瑟相似的一种乐器,相传为秦蒙恬所造,故名秦筝。柱,每根弦置

江南词

一柱,移动柱位即可调节音高。

作者简介

晏几道(约1030—约1106),字叔原,号小山,抚州临川(今属江西省)人。北宋著名词人,晏殊的第七子。与父合称"二晏",多称晏殊为"大晏",晏几道为"小晏"。晏几道从小家境富裕,但其父殁后,家道中落。晏几道生性孤傲,在仕途上不得意,曾监颍昌府许田镇(今河南省许昌市),职位卑微。其词风格近于花间派,多抒发感伤情调。著有《小山词》。

题解

《蝶恋花》,原为唐教坊曲名,后用作词调名。据张草纫《二晏词笺注》云:"宋神宗元丰元年(1078),叔原五兄知止为吴郡太守。叔原曾往江南依随其兄,当时或亦有听歌之娱(《玉楼春》有"吴姬十五语如弦,能唱当时楼下水"句)。此词写回京后思念当年江南的歌女,欲通书信问候却杳无音讯,因此只能凭借秦筝来倾诉痛苦的离情。"此词上阕先写梦境,所念之人应在江南,然而连梦中也不得相遇,因而醒来后更觉惆怅。下阕写愿以书信聊寄相思,却也无从寄托。睡梦中不得相见,书信又无处传递,就只能靠缓弹秦筝抒发离情。然而琴越弹,肠愈断,确为伤心至极也。

集评

末句滋味。(明沈际飞《草堂诗余续集》)

人必说梦中相会,何等陈腐。(明卓人月、徐士俊辑《古今词统》)

八、感　怀

卖花声·题岳阳楼

张舜民

木叶下君山①。空水漫漫。十分斟酒敛芳颜②。不是渭城西去客,休唱阳关③。

醉袖抚危栏④。天淡云闲。何人此路得生还。回首夕阳红尽处,应是长安⑤。

* 选自唐圭璋编《全宋词》,北京:中华书局,1965年,第265页。
① "木叶"句:此句化用了屈原《九歌·湘夫人》"袅袅兮秋风,洞庭波兮木叶下"一句。君山,是洞庭湖中的一个小岛,与岳阳楼相对。
② 敛芳颜:指收敛笑容。
③ "不是"句:此句化用王维《送元二使安西》一诗:"渭城朝雨浥轻尘,客舍青青柳色新。劝君更尽一杯酒,西出阳关无故人。"阳关,即《阳关曲》《阳关三叠》,为唐人送别时所唱曲目。
④ 危栏:高楼的栏杆。
⑤ 长安:即今陕西西安,为唐朝故都,这里借指北宋首都汴京。

作者简介

张舜民,生卒年不详,字芸叟,自号浮休居士,邠州(今陕西省彬州市)人。北宋文学家、画家,与苏轼友善。张舜民曾在环庆前线作诗讥讽前线失败,从而获罪,被贬郴州。宋徽宗时,其为吏部侍郎,因坐元祐党籍,被贬商州。其著有《画墁集》,词存四首,以《卖花声》最著名。

题解

《卖花声》,唐教坊曲名,后用作词牌名,又名《浪淘沙》。张舜民曾因"白骨似沙沙似雪"一诗讽刺了北宋与西夏永乐城之战的惨败,遭遇贬谪。

江南词

该词作于宋神宗元丰六年(1083),作者被贬郴州途中。时正值秋冬交替之际,作者途经湖南,登岳阳楼,倍有迁客之感。上阕写作者在岳阳楼上所见的景色,有萧萧落叶、漫漫空水,十分寥廓。但作者此时心情沉郁,从"不是渭城西去客,休唱阳关"一句自嘲可以看出,作者正是因被贬而心有怨愤。下阕则写作者醉酒离席,眺望远方。头顶的一片"天淡云闲",引发了作者对自身命运、古往今来骚客旅人命运的思考。自己难道也要老死在郴州了吗?作者似乎并不甘心如此,因为他说"回首夕阳红尽处,应是长安",委婉地表达出对朝廷的眷恋与不舍。

集 评

亦岂无去国流离之思,殊觉婉而不伤也。(宋周晖《清波杂志》)

张芸叟词云:"回首夕阳红尽处,应是长安。"人喜诵之。乐天《题岳阳楼》诗云:"春岸绿时连梦泽,夕波红处近长安。"盖芸叟用此换骨也。(宋费衮《梁溪漫志》)

江神子

谢 逸

杏花村馆酒旗风①。水溶溶②。飐残红③。野渡舟横④,杨柳绿阴浓。望断江南山色远,人不见,草连空。

夕阳楼外晚烟笼⑤。粉香融。淡眉峰⑥。记得年时,相见画屏中⑦。只有关山今夜月,千里外,素光⑧同。

---

* 选自唐圭璋编《全宋词》,北京:中华书局,1965年,第650页。

① "杏花"句:意即酒帘在风中飘摇。杏花村馆,指酒馆。杜牧有《清明》一诗曰:"借问酒家何处有,牧童遥指杏花村。"后来酒店常以"杏花村"为名。酒旗,即

酒帘,古代酒店的布制招牌。

② 溶溶:水流动的样子。

③ 飏残红:飏,飞扬,飘散的样子。残红,即落花。

④ 野渡舟横:指郊野渡口有船停泊。语出唐韦应物《滁州西涧》诗:"春潮带雨晚来急,野渡无人舟自横。"

⑤ 晚烟笼:指傍晚时分烟雾笼罩的景象。

⑥ "粉香"二句:此二句写人,写女子身上和暖的脂粉香与淡淡的眉妆。

⑦ 画屏中:绘有图画的屏风。

⑧ 素光:指洁白的月光。

作者简介

谢逸(1068—1113),字无逸,号溪堂,临川城南(今江西省抚州市)人。与其弟谢薖齐名,并称"临川二谢"。北宋文学家,"江西诗派"的诗人之一,尝作《咏蝶》诗三百首,人称"谢蝴蝶"。两次举进士不第,以布衣终老。著有《溪堂集》《溪堂词》。

题解

《江神子》,词牌名,又名《江城子》,始见于《花间集》中韦庄词。据宋胡仔《苕溪渔隐丛话》后集卷三十三引《复斋漫录》云:"无逸尝于黄州关山杏花村馆驿题《江城子》词云……过者必索笔于馆卒,卒颇以为苦,因以泥涂之。"此篇为异乡怀人之作。上阕写晚春的景色,作者极目远望,江南山色连绵不断,却不见所思之人,只有接天的草色。下阕则用寥寥几笔,写所思女子的粉香、眉妆,以及当年二人相会与画屏之后的回忆。而如今,作者与心上人相隔千里,却只剩关山一轮月,得以让他们沐浴在相同的月光之中。

江南词

> 集 评

黄州驿卒苦于牵笔,泥涂无逸之词,此正奴隶事。知者遇之,如获珍奇,无足怪也。然"望断江南山色远,人不见,草连空",故是销魂之语。(清沈谦《填词杂说》)

蝶恋花·送春

朱淑真

楼外垂杨千万缕。欲系青春,少住春还去。犹自风前飘柳絮。随春且看归何处。

绿满山川闻杜宇①。便做无情,莫也愁人苦。把酒送春春不语。黄昏却下潇潇雨。

* 选自唐圭璋编《全宋词》,北京:中华书局,1965年,第1406页。
① 杜宇:杜鹃鸟。

> 作者简介

朱淑真(约1135—约1180),海宁(今浙江省海宁市)人,祖籍歙州(今安徽省歙县),号幽栖居士。南宋著名女词人,与李清照齐名。朱淑真生于仕宦之家,但与丈夫情感不和睦,故抑郁早逝,其余生平不可考。传朱淑真过世后,其父母焚毁生前大半文稿,现存《断肠诗集》《断肠词》。

> 题 解

此词主题为惜春。上阕由垂杨入手,将杨柳飘拂着的柔顺枝条与抽象的"春"相系,但柳条并不能达到系住春光的目的,春日终将逝去。暮春柳絮四散,是在宣告春的终结,词人不甘,欲追随柳絮探看春的归处,存有将春找回之心。过片的"杜宇"是暮春又一经典意象,杜鹃啼声凄厉,即便"无情",也在为春天的逝去愁苦哀鸣。词人对眼前春光怀有浓烈的眷恋之情,是以她将春拟人,将春当作她的闺中密友,把酒送别,但春并不能回答她,唯有在黄昏时分忽然飘起潇潇雨丝,仿佛是春在为词人的惜别之情流泪。

集 评

淑真诗词多柔媚,独《清昼》一绝,《送春》一词,颇疏俊可喜。(明田汝成《西湖游览志余》)

情怀妙趣成片里出。体物无间之言。□情深感。(明沈际飞《草堂诗余续集》)

淑真诗好,词不如诗。爱其"黄昏却下潇潇雨"句,又词好于诗也。(明陆昶《历朝名媛诗词》)

"奠也愁人意","意"字借叶。"把酒送春春不语"二句,与"庭院深深"作后结、"妾本钱塘"作前结相似。(清许昂霄《词综偶评》)

情致缠绵,笔底毫无沉闷。(清李佳《左庵词话》)

香山《长相思》云:"暮雨潇潇郎不归,空房独守时。"绝不费力,自然凄紧。若"黄昏却下潇潇雨",便见痕迹。(清陈廷焯《白雨斋词话》)

满江红·暮春

辛弃疾

家住江南,又过了、清明寒食①。花径里、一番风雨,一番狼籍。流水暗随红粉去,园林渐觉清阴②密。算年年、落尽刺桐花③,寒无力④。

江南词

庭院静,空相忆。无说处,闲愁极。怕流莺乳燕,得知消息。尺素⑤始今何处也,彩云依旧无踪迹。谩教人、羞去上层楼,平芜⑥碧。

* 选自唐圭璋编《全宋词》,北京:中华书局,1965年,第1889页。
① 寒食:清明前一二天,寒食当天禁烟火,只吃冷食。
② 清阴:即树荫。
③ 刺桐花:亦称海桐、山芙蓉,枝干间有圆锥形棘刺,故名"刺桐"。
④ 寒无力:指寒意渐退,如同人渐渐失力一般。
⑤ 尺素:小幅的绢帛,古人多用以写信。此处即代指书信。
⑥ 平芜:平坦的草地。

题 解

此词作于宋孝宗隆兴二年(1164),时年辛弃疾任江阴签判。这首词写闺中女子伤春相思之态,缠绵委婉,含蓄动人。上阕自女子眼中的暮春景色入手,开篇便云"家住江南",即可使人联想到江南文化的风流柔情,亦点出地点;又云"又过了、清明寒食",则点出时间已是暮春,定下伤春哀春的基调。之后便铺陈笔墨,写风雨中的残花、逐渐浓密的夏阴、落尽的刺桐花与已经流逝的春寒,"暗""渐"两字犹能感到漫长时间的流转,残春初夏之景已跃然纸上。下阕言事抒情,写女主人公的孤寂与其对情人的思念。庭院寂静,相思徒劳,满腹闲愁无人倾诉,又生怕流莺乳燕知晓心事,这又为女主角多添了一份矜持。她只能隐忍。在得不到信件和音讯的情况下,她饱含愁绪,又羞于登楼远望,连青青芳草也识不得她的心思了。词人多以豪放沉郁著称,而写女子相思,也如此缠绵悱恻,足见他的笔力深厚。

集 评

亦流宕,亦沉切。(清陈廷焯《云韶集》)

八、感 怀

丑奴儿·书博山①道中壁

辛弃疾

少年不识愁滋味,爱上层楼。爱上层楼。为赋新词强说愁。
而今识尽愁滋味,欲说还休。欲说还休。却道天凉好个秋。

* 选自唐圭璋编《全宋词》,北京:中华书局,1965,第1920页。
① 博山:在江西广丰县西南三十余里。

题解

这首词为辛弃疾被劾去职,闲居带湖时所作(1181—1192)。此时,南宋王朝正处于内外受困、风雨飘摇之中,辛弃疾即使日日闲游于博山道中,却无心赏玩,他的满腔热血无处抛洒,只能化为满腹愁肠,写在词中。这首词明白如话,少年时期的无忧无虑和如今的愁闷痛楚,以及两个时期的心境,形成了强烈的反差。

八 归

史达祖

秋江带雨,寒沙萦水,人瞰画阁愁独。烟蓑散响惊诗思,还被乱鸥飞去,秀句难续①。冷眼尽归图画上,认隔岸、微茫云屋②。想半属、渔市樵村,欲暮竞然竹③。

须信风流未老,凭持酒、慰此凄凉心目。一鞭南陌,几篙官渡,赖有歌眉舒绿④。只匆匆眺远,早觉闲愁挂乔木⑤。应难奈,故人天际,望彻淮山⑥,相思无雁足⑦。

* 选自唐圭璋编《全宋词》,北京:中华书局,1965年,第2340页。

江南词

①"烟蓑"等三句：捕鱼人撒网如水发出响声，惊动词人诗兴，也惊动群鸥乱飞，词人的诗思被打断，佳句因此难以续写下去。

②云屋：像云一般的房屋，形容对岸房屋看不真切、朦胧模糊的样子。

③然竹：即"燃竹"，燃烧竹子。柳宗元《渔翁》："渔翁夜傍西岩宿，晓汲清湘燃楚竹。烟销日出不见人，欸乃一声山水绿。"

④歌眉舒绿：歌女的眉毛舒展开来。绿，黛绿，古人用以画眉的色彩，此处绿代指眉毛。

⑤乔木：高大的树木。《孟子·梁惠王下》载"所谓故国者，非谓有乔木之谓也，有世臣之谓也"，后将"乔木"用作故国或故里的代称。

⑥淮山：指淮扬一带的山。

⑦雁足：指传达书信的途径，典出《汉书·苏武传》。汉廷寻求苏武等人，匈奴隐瞒了苏武行踪，并称其已死。后来汉使又到匈奴，苏武的副使常惠设计求见汉使，述说近况，并让汉使责备匈奴，称汉天子在上林苑射猎，射得一只大雁，足上系着帛书，帛书上说苏武等人在北海。苏武等人就此归于汉庭。后"雁足"就代指传播书信的途径。

作者简介

史达祖（1163—约1220），字邦卿，号梅溪，汴（今河南省开封市）人。早年屡试不中，后任韩侂胄幕僚，任省吏，负责撰拟文稿。开禧三年（1207），韩侂胄因北伐事败被杀，史达祖遭到牵连，被处黥刑，流放江汉，晚年困顿而死。史达祖工于填词，是宋代婉约派的奠基人之一，作品见《梅溪词》。

题 解

宋宁宗开禧元年（1205），史达祖随礼部尚书李壁出使金国，《八归》即为途中所作。上阕先点明自"画阁"可见近处景物，由近到远，越远处的景越不清晰。词人的兴致也被眼前空旷清冷的画面所影响。原本安静的气

八、感　怀

氛突然被渔人撒网的响声打破,惊起乱鸥,词人的诗思亦被打断。重新凝神时,又想到隔岸烟火气重重的市井生活,以乐衬哀,得以窥见词人内心孤寂。下阕主要抒情,词人借酒宽慰自己,回忆往昔与歌女游冶之事。而这一切皆虚幻,皆是当下词人不可沉浸耽溺于其中的过去,只有眼前的景物与浓烈的思乡情感是真实的。音信不达的无奈之下,词人只得望着淮山间哀叹,纾解相思的愁闷孤苦。

集　评

此阕与《玉蝴蝶》,皆较疏俊者。(清况周颐《蕙风词话》)

笔力直是白石。不但貌似,骨律神理亦无不似。后半一起一落,宕往低徊,极有韵味。(清陈廷焯《白雨斋词话》)

旅泊怀人之际,烟衰响雨,惊起闲鸥,搅人诗思,写景幽悄。诗既未成,惟有远眺江山天然图画,以消遣闷怀。"微茫云屋"四字有东坡"屋小如渔舟,蒙蒙云水外"诗意。下阕虽换一境,亦即前意。频岁山程水驿,到处迁流,野店闻歌,孤篷听水,同是解客途之岑寂;但望断淮山,而故人天际,仍莫慰其客愁也。(俞陛云《唐五代两宋词选释》)

高阳台·和周草窗①寄越中②诸友韵

王沂孙

残雪庭阴③,轻寒帘影④,霏霏玉管春葭⑤。小帖金泥⑥,不知春在谁家⑦。相思一夜窗前梦,奈个人⑧、水隔天遮。但凄然,满树幽香,满地横斜。

江南自是离愁苦,况游骢⑨古道,归雁平沙。怎得银笺⑩,殷勤与说年华。如今处处生芳草,纵凭高、不见天涯。更消⑪他,几度东

江南词

风,几度飞花。

＊选自唐圭璋编《全宋词》,北京:中华书局,1965年,第3360页。

① 周草窗:即周密。周密有词《高阳台·寄越中诸友》,王沂孙此阕是和周密作。

② 越中:即会稽。

③ 残雪庭阴:庭院的背阴处还积有残雪。

④ 轻寒帘影:轻风晃动帘影,因此感到微寒,如元稹《表夏》句"轻风动帘影"。

⑤ "霏霏"句:时至春日,葭灰从律管中飞出。霏霏,形容葭灰纷纷扬扬的样子。玉管,律管,用竹管或金属管制成的定音器具,以测季候。《后汉书·律历志》载:"阴阳和则景至,律气应则灰除……候气之法,为室三重,户闭,涂衅必周,密布缇缦。室中以木为案,每律各一,内庳外高,从其方位,加律其上,以葭莩灰抑其内端,按历而候之,气至者灰动。其为气所动者其灰散,人及风所动者其灰聚。"葭,芦苇,此处指芦莩(芦苇内壁薄膜)的灰。

⑥ 小帖金泥:用泥金所写的春帖。小帖,即春帖,立春日剪帖在官中门帐上,上书诗句,宋代非常盛行。金泥,即泥金、金屑。

⑦ 不知春在谁家:化用唐王建《十五夜望月》"不知秋思在谁家"句。

⑧ 个人:那人,指周密。

⑨ 骢:毛色青白相杂的马。

⑩ 银笺:指书信。

⑪ 消:经受。

题 解

此篇作于宋亡之后,为王沂孙唱和周密《高阳台·寄越中诸友》所作。周密原词寄托亡国哀思,王沂孙虽是和词,但丝毫不逊色。上阕写初春之景。"残雪"等三句写时令变化,律管中葭灰浮动,可知春已来临。下二句"小帖金泥,不知春在谁家",春既已至,而河山已变,词人自然无心赏玩春意。"相思"句写友人远在异地,仅能在幽梦中现身,醒来不见其踪,梅花满树幽香、满地疏影只是更添寂寥。下阕书写词人对于友人的思念。周密原词有"萋萋望极王孙草,认云中烟树,鸥外春沙"句,碧山和词便直接从"江南春色"入手,言"江南自是离愁苦"。又配合"游骢古道,归雁平沙",游子见归雁自然兴起归意,而此时国家已亡,游子却是不得归去,更见愁苦。词人只能期盼从友人手中获得银笺,唯有友情能带来慰藉。国破后,处处所生的芳草传递着黍离之悲,友人相隔,又添悲情。即使词人登高,也无法望见故人居所。而最后的"更消他"三句,颇有春色无主、好景不长的无常之意,又暗喻了亡国之痛,词人悲愁可谓无穷无尽。

集 评

此伤君臣晏安,不思国耻,天下将亡也。(清张惠言《张惠言论词》)

"相思"句点逗清醒,换头又是一层勾勒;《诗品》云:返虚入浑,"如今"二句是也。(清周济《词辩》)

此等伤心语,词家各自出新,实则一意,比较自知文法。(清王闿运《湘绮楼评词》)

结笔低回掩抑,荡气回肠。(清况周颐《蕙风词话》)

风入松

吴文英

听风听雨过清明。愁草瘗花铭①。楼前绿暗分携②路,一丝柳、一寸柔情。料峭春寒中酒③,交加晓梦啼莺。

西园日日扫林亭。依旧赏新晴。黄蜂频扑秋千索,有当时、纤手香凝。惆怅双鸳④不到,幽阶一夜苔生。

* 选自唐圭璋编《全宋词》,北京:中华书局,1965年,第2906页。

① 瘗花铭:葬花铭,南北朝庾信有《瘗花铭》,今已失传。瘗,埋。此处指花落之情景。

江南词

② 分携：分手、分离。
③ 中酒：醉酒。
④ 双鸳：女子鞋上图案，指女子的足迹。

题解

　　此篇为清明忆姬之作。发端"听风听雨过清明"，连用两个"听"字，加深风雨给人的印象。风雨交加，增益伤春情感，下接"愁草瘗花铭"，用庾信作《瘗花铭》的典故，实则暗写落红满地之情景，又添伤悲。"楼前"等三句回忆与爱姬分别之处，似乎当日分别的小径上的每一寸柳丝都蕴含柔情。"料峭"两句中，春寒犹在，冷气逼人，词人本想以酒浇愁，却因莺啼交加而在拂晓时惊醒。上阕已定伤春离别基调，下阕则写风雨过后的晴朗天气，西园是词人与爱姬共居之所，自爱人去后，词人日日独自打扫落花、独自欣赏新晴之景。虽然有黄蜂扑秋千索的可爱情景，但秋千上的人已不在，不见凝香纤手，徒留惆怅。词人四处寻找也不见佳人踪迹，只有台阶上的苍苔，在一夜之间默默生长。爱姬离别之后，与她相处的回忆之地也面目全非，更加令人心生惆怅。词人在全词中，始终将虚实结合，炼字与典故精妙天成，实为梦窗词中的经典作品。

集评

　　思去妾也。此意集中屡见。……当味其词意酝酿处，不徒声容之美。（陈洵《海绡说词》）

　　此因清明而忆姬之作。先点清明风雨含下"瘗花"。不从去时写去，乃从去后写去。以"苔生"描写"不到"，"不到"即去字之归宿。（杨铁夫《梦窗词选笺释》）

八、感　怀

糖多令
刘　过

安远楼①小集，侑觞歌板之姬②黄其姓者，乞词于龙洲道人③，为赋此《糖多令》，同柳阜之、刘去非、石民瞻、周嘉仲、陈孟参、孟容，时八月五日也。

芦叶满汀洲④。寒沙带浅流。二十年、重过南楼。柳下系船犹未稳，能几日、又中秋。

黄鹤断矶头⑤。故人今在不。旧江山、浑是⑥新愁。欲买桂花同载酒，终不是、少年游。

* 选自唐圭璋编《全宋词》，北京：中华书局，1965年，第2147页。
① 安远楼：又名南楼，在武昌黄鹤山上。
② 侑觞歌板之姬：指酒宴上击板唱歌以劝酒的歌女。
③ 龙洲道人：即刘过自己。
④ 汀洲：水中小洲。
⑤ 黄鹤断矶头：即黄鹤矶，黄鹤山西北陡峭的断崖，面临长江。
⑥ 浑是：全是。

作者简介

刘过(1154—1206)，南宋文学家，字改之，号龙洲道人，吉州太和(今江西省泰和县)人。刘过屡试不第，后漫游江浙一带，曾与陆游、辛弃疾等人交往。其词风与辛弃疾相近，晚年居昆山而卒，著有《龙洲集》《龙洲词》。

题　解

《糖多令》，词牌名，又作《唐多令》。因刘过词有"二十年重过南楼"句，又名《南楼令》。这是一首忧国之词。时当韩侂胄握实权，欲伐金。人皆不满其轻举妄动,刘过亦对此深感忧患。词中作者写二十年后重游武昌,登临安远楼,感慨时事。南宋南渡,武昌成为边城,为南宋与金人交战的要地。芦叶、寒沙构成眼前萧瑟秋景,暗示江山破碎,作者心中不无凄凉之感。而"犹未稳""能几日,又中秋"透露着时光飞逝,自己转眼从少年到了暮年的喟叹。下阕承上阕"重过"二字而来,"故人""旧江山""新愁",都是在抒发今昔之感。作者虽欲买花载酒,借游乐以消愁,却已经没有了年少时的豪情壮志。词意凄怆,哀感无穷。

集 评

情畅语俊,韵叶音调,不见扭造。此改之得意之笔。(明沈际飞《草堂诗余正集》)

因黄鹤楼再游而追忆故人不在,遂举目在江上之感,词意何等凄怆!(明李攀龙《草堂诗余隽》)

轻圆柔脆,小令中工品。词以写情,须意致缠绵,方为合作。无清灵之笔意致,焉得缠绵。彼徒以典丽堆砌为工者,固自不解用笔。(清李佳《左庵词话》)

词意凄感而句调浑成,似此亦升稼轩之堂矣。(清陈廷焯《词则》)

宋当南渡,武昌系与敌纷争之地,重过能无今昔之感?词旨清越,亦见含蓄不尽之致。(清黄苏《蓼园词选》)

风入松

虞 集

画堂①红袖②倚清酣。华发不胜簪③。几回晚直金銮殿④,东

八、感　怀

风软、花里停骖⑤。书诏许传宫烛⑥,香罗初剪朝衫⑦。

御沟冰泮水挼蓝⑧。飞燕又呢喃。重重帘幕寒犹在,凭谁寄、银字泥缄⑨。为报⑩先生归也,杏花春雨江南。

* 选自唐圭璋编《全金元词》,北京:中华书局,1979年,第862页。
① 画堂:古代官中有彩绘的殿堂,泛指华贵的厅堂。
② 红袖:指美女。
③ "华发"句:华发,指黑白相间的头发。不胜簪,意谓头发稀少插不住簪子。
④ 晚直金銮殿:夜晚在金銮殿当值。金銮殿,唐朝官殿名,为文人学士待诏之所。《文献通考·学士院》记载:"故事,学士掌内庭书诏,故学士院常在金銮殿侧……前朝因金銮坡以为门名,与翰林院相接,故为学士者称金銮以美之。"
⑤ 停骖:停车驻马。骖,车辕两侧的马。
⑥ "书诏"句:意谓代皇帝草拟诏书,皇帝准许传唤执烛宫人。
⑦ 朝衫:即朝服。
⑧ "御沟"句:流经官苑的河道冰冻开始消融,湛蓝色的水流动其中。挼蓝,浸揉蓝草作染料,借指湛蓝色。
⑨ 银字泥缄:以银粉书写的信。泥缄,古人书信多用泥封,后借指书信。
⑩ 为报:替我告诉。

作者简介

虞集(1272—1368),字伯生,号道园,人称邵庵先生。祖籍成都仁寿(今四川省眉山市仁寿县),迁居江西崇仁(今属江西省抚州市)。元代著名学者、诗人,"元诗四大家"之一,著有《道园学古录集》。曾任大都路儒学教授,翰林直学士兼国子祭酒、奎章阁侍书学士等职。晚年告病返回江西,谥号文靖。

题　解

《风入松》,词牌名,又名《远山横》。唐皎然有《风入松》歌,调名本此。

江南词

此篇为寄赠柯敬仲之作。柯敬仲，即柯九思，字敬仲，号丹丘生，元代画家、诗人。他曾与作者同受知于元文宗，在作者兼奎章阁侍书学士时，任奎章阁侍鉴书博士。两人为同僚，交往甚密。后柯九思被谗罢官，流寓吴中，作者便以此词相赠。上阕写二人在奎章阁任职的情景，下阕一转笔锋，写浮冰融化、燕子呢喃的春景。"重重帘幕寒犹在"，不仅是写春天乍暖还寒的气候，还隐隐透露出对二人政治处境的担忧。"杏花春雨江南"是元词名句。杏花、春雨、江南三词平列，寥寥六个字，就准确而清晰地勾勒出一幅江南春天的美景。此句意谓作者也愿归隐江南，欲相约再见，于是寄此信与友人互相宽慰，体现出作者对友人的深深怀念。

集 评

词翰兼美，一时争相传刻，而此曲遂遍满海内矣。（元陶宗仪《南村辍耕录》）

曾见机坊以词织成帕，为时所贵重如此。（元瞿宗吉《归田诗话》）

兰陵王·丙子①送春

刘辰翁

送春去。春去人间无路。秋千外、芳草连天，谁遣风沙暗南浦②。依依甚意绪。漫忆海门③飞絮。乱鸦过，斗转城荒，不见来时试灯处④。

春去。最谁苦。但箭雁沉边⑤，梁燕⑥无主。杜鹃声里长门⑦暮。想玉树凋土⑧，泪盘⑨如露。咸阳送客屡回顾。斜日未能度。

春去。尚来否。正江令恨别，庾信愁赋⑩。苏堤⑪尽日风和雨。叹神游故国，花记前度。人生流落，顾孺子⑫，共夜语。

* 选自唐圭璋编《全宋词》,北京:中华书局,1965年,第3213页。
① 丙子:指宋恭帝德祐二年(1276)。此年元朝军队攻占南宋行都临安。
② 南浦:南面的水边。《楚辞·九歌·河伯》"子交手兮东行,送美人兮南浦"句。后常用称送别之地,此处亦暗指南宋故土。
③ 海门:指长江入海口,在今江苏省南通市东,宋初称海门县。
④ "乱鸦"三句:指元军攻占临安,临安转眼间成为一座荒城,元宵前夕的试灯本应繁华热闹,而此时已经一片残破衰败之景。乱鸦,暗喻元军。试灯,元宵夜晚张灯的预赏称为试灯。
⑤ 箭雁沉边:中箭的大雁消失于边塞。
⑥ 梁燕:梁上的燕子,指才能较低者,此处指行都临安的百姓。
⑦ 长门:汉代宫室。汉司马相如受汉武帝失宠皇后陈阿娇所托,作《长门赋》,后"长门"便指代失宠妃嫔居住的宫室。此处指宋代宫室。
⑧ 玉树凋土:用东晋庾亮典故。庾亮认为邾城因自己没有及时派兵而陷落,不久后郁郁而终,其妹婿何充叹"埋玉树于土中,使人情何能已"。此处比喻国家缺失能够收复故土的人才。
⑨ 泪盘:汉武帝晚年为乞求长生,在长安建章宫前造神明台,上有金铜仙人手托盛接露水的铜盘。魏明帝曹叡年间,命人将铜人从长安移至洛阳。拆卸时,铜人潸然泪下。此处暗指国家灭亡。
⑩ "正江令"二句:用南北朝江淹与庾信典故。江淹有《恨赋》《别赋》,庾信有《愁赋》。南北朝时局动荡,江淹历仕宋、齐、梁三朝,《恨赋》《别赋》为感时而发。庾信奉梁元帝名出使北朝,被扣留不得回归。此处词人用江、庾二人典故,反映国破家亡的无奈。
⑪ 苏堤:北宋元祐四年(1089),苏轼主持疏浚西湖,以淤泥和葑草筑成一道长堤,后人命名其为苏堤。
⑫ 孺子:指词人之子刘将孙,字尚友,亦工于词。

> 作者简介

刘辰翁(1233—1297),字会孟,别号须溪,庐陵灌溪(今江西省吉安市)人。南宋著名爱国词人。景定三年(1262),登进士第,对专权误国的

贾似道颇为不满。入元不仕,居家著作,其词风承辛弃疾一脉,作品见于《须溪先生集》。另外,刘辰翁一生勤于评点,对杜甫、孟浩然、韦庄等文人别集都有批点,其词学批评思想也在批评史上占有一席之地。

题 解

宋恭帝德祐二年(1276),元军攻入临安,恭帝奉表请降,这一年即词题中所说的"丙子"年。《兰陵王》是词中长调,三段共一百三十一字。词开篇即言"送春去",又言"春去人间无路",此非伤春惜春的沉吟,而是不言而喻的黍离亡国之悲。第一段即写明临安失陷,"芳草""南浦"等都是送别的意象,暗喻送别南宋政权。虽是送别,而又有依恋之情,"漫忆海门飞絮"写尽词人对宋室的挂念。接下来,"乱鸦过"三句写元军攻占之后的临安,斗转间,由华灯璀璨的都城成为坍圮的废城,来时尚可见的繁华灯景已随着王朝倾颓一并消失,徒留一片黑暗。第二段以设问过渡,使用大量的隐喻和典故,"箭雁""梁燕""杜鹃"三种鸟类意象各有其含义:"箭雁"指被掳的君臣,"梁燕"指无主的百姓,杜鹃声自古悲戚,亦寄托亡国之思。玉树、泪盘两个典故,又阐明宋室进退维谷、无计可施的现状。第三段仍以设问总起,"春去尚来否"一句更使人潸然。春去可再来,宋室东山再起的希望却十分渺茫。于是,词人借江淹、庾信的典故,痛诉这古今相同的悲哀。又写苏堤飘摇在风雨间的形态,暗指动荡的时势,联想主持苏堤建造的苏轼,只得借其《念奴娇·赤壁怀古》中"故国神游"之句,在梦中塑造故都临安的祥和之景了。最后"人生流落"三句,落在作者自身的人生处境,"人生流落"与开篇"人间无路"相互呼应,道尽苍莽世间的无常,国既亡,老迈的词人就只能和家人共话亡国之痛了。

集 评

"送春去"二句悲绝;"春去,最谁苦"四句凄清,何减夜猿;下片悠扬悱

恻,即以为《小雅》、楚骚可也。(明卓人月、徐士俊辑《古今词统》)

题是送春,词是悲宋。曲折说来,有多少眼泪。(清陈廷焯《白雨斋词话》)

· 相关江南知识 ·

行都临安

"山外青山楼外楼,西湖歌舞几时休?暖风熏得游人醉,直把杭州当汴州。"南宋淳熙时士人林升在《题临安邸》中对南宋小朝廷作出如此控诉。一般认为,南渡之后,临安即是南宋都城。然而,临安虽然是实际的国都,却不曾得到南宋政权的正式承认。北宋期间,临安属于两浙路,下辖九县,经济文化发达。南渡之后,于绍兴元年(1131)升杭州为临安府作为"行在";绍兴八年,正式定临安为行都,即临时国都。南宋灭亡后,杭州作为事实上的旧都,承载着后世文人更复杂的家国记忆。

沁园春·恨

郑 燮

花亦无知,月亦无聊,酒亦无灵。把夭桃斫断,煞他风景①,鹦哥煮熟,佐我杯羹。焚砚烧书,椎②琴裂画,毁尽文章抹尽名。荥阳郑,有慕歌家世,乞食风情③。

单寒骨相难更④,笑席帽青衫太瘦生⑤。看蓬门⑥秋草,年年破巷,疏窗细雨,夜夜孤灯。难道天公,还箝恨口,不许长吁一两声?颠狂甚,取乌丝百幅⑦,细写凄清。

* 选自卞孝萱编《郑板桥全集》,济南:齐鲁书社1985年,第149页。

① 夭桃:盛开的桃花。《诗·周南·桃夭》:"桃之夭夭,灼灼其华。"斫,用刀斧砍。

②椎：用以锤击的工具，这里指击打。

③"荥阳"三句：典出唐白行简《李娃传》。相传荥阳郑元和流落长安，唱莲花落乞食于市，得妓女李娃之助，做了大官，全家富贵团圆。郑氏系河南望族，因板桥与郑元和同姓，以此自况。

④"单寒"句：生就一副单薄清瘦的骨骼相貌，已无可更改。

⑤席帽：古帽名，以藤席为骨架，形似毡笠，四缘下垂，可蔽日遮颜。青衫，借指微贱者的服色。太瘦生，意谓很瘦弱。孟棨《本事诗》载李白戏赠杜甫诗："借问别来太瘦生，总为从前作诗苦。"

⑥蓬门：以蓬草为门，指贫寒之家。

⑦乌丝：指乌丝栏，一种画有黑色格线的纸。

作者简介

郑燮(1693—1765)，字克柔，号理庵，又号板桥，江苏兴化人。乾隆元年丙辰(1736)进士，曾官山东，后忤大吏而罢官，寓居扬州。清代著名书画家，为"扬州八怪"之一。郑板桥一生只画兰、竹、石，自称"四时不谢之兰，百节长青之竹，万古不败之石，千秋不变之人"。书法诗词俱工，其词"风神豪迈"，亦庄亦谐，痛快淋漓，人或以"握拳透爪"为病。郑燮著有《郑板桥集》，其中有《板桥词钞》一卷。

题 解

词题为"恨"，字里行间极具个性，主要抒发了词人的愤世嫉俗之情，情感激越，痛快淋漓。上阕首三句连用排比，否定代表文人雅兴之"花""月""酒"的作用。接着七句，连用六种带有破坏性的意象，只为"毁尽文章抹尽名"，这满腔恨意可谓排山倒海。"荥阳郑"的典故，自言家世清白，更突显了其不顾礼法的态度。下阕首先描述了自己穷愁潦倒的窘况。"难道天公"三句，突然反诘，如金刚怒目，对当时森严的"文字狱"痛加贬

八、感 怀

斥,其"恨"意达到顶峰。末三句由激愤而至于沉哀,给人一种凄凉清冷之感。全词情感跌宕起伏,特色鲜明,读之诚可以"药平庸之病""正纤冶之失"。

集 评

其风神豪迈。气势空灵,直逼古人。(清查礼《铜鼓书堂词话》)

《沁园春·恨》云:"难道天公,还箝恨口,不许长吁一雨声?"……谢华启秀,新意宜人。(清谢章铤《赌棋山庄词话》)

此词太野,然痛快可喜。(清陈廷焯《云韶集》)

鹊踏枝·过人家废园作

龚自珍

漠漠春芜春不住①。藤刺牵衣,碍却行人路。偏是无情偏解舞,蒙蒙扑面皆飞絮②。

绣院③深沉谁是主?一朵孤花,墙角明如许④!莫怨无人来折取⑤,花开不合阳春暮⑥。

* 选自王佩诤校《龚自珍全集》,北京:中华书局,1959年,第559页。
① 漠漠:密布的样子。春芜,丛生的春草。芜不住,继续荒芜而不停止。
② "偏是"二句:飞絮无情,偏要飞舞不止,惹人烦愁。晏殊《踏莎行》:"春风不解禁杨花,蒙蒙乱扑行人面。"
③ 绣院:指有花木的院落,即"废园"。
④ 明:指花开得耀眼。如许,如此。朱熹《观书有感》:"问渠那得清如许?为有源头活水来。"
⑤ "莫怨"句:语出杜秋娘《金缕衣》"花开堪折直须折,莫待无花空折枝"句。
⑥ 不合:不该。阳春,阳和的春天。

江南词

作者简介

龚自珍(1792—1841),一名巩祚,字璱人,号定盦,仁和(今浙江省杭州市)人,道光九年(1829)进士。他家学渊源深厚,对文字、训诂、金石、目录、诗文、地理、经史百家皆有所涉及,并深受当时崛起的"春秋公羊学"的影响,提倡"通经致用"。在政治上,龚自珍主张革新内政,变法图强,为近代改良主义之先驱;在文学上,他诗文俱佳,其文导源周、秦诸子,自成一家,尤以诗的成就为高。龚自珍著有《定盦全集》,其中词集凡五种,题名《无著词选》《怀人馆词选》《影事词选》《小奢摩词选》《庚子雅词》。

题解

此篇载《怀人馆词选》,是作者于嘉庆二十年(1815)六月以前在徽州所作,其时年二十四岁。在此之前的嘉庆十五年(1810),龚自珍首应顺天乡试,仅得副榜贡生。十八年(1813),再应顺天乡试,仍未中,其悲愤可知。该词通篇运用比兴手法,写废园的荒芜凄凉景色,意象众多,颇有寄托。如废园象征着衰败的清王朝统治下乱象丛生的社会,刺藤碍路、飞絮欢舞、绣院深沉。春光流逝,也都寄寓着其对时政的感慨和现实的失意情绪。那墙角独明的"一朵孤花",颇似王安石笔下"凌寒独自开"的早梅,当为词人自况,既可见其自我期许,又有怀才不遇和壮士迟暮之悲。全词寄托遥深,沉郁凄恻。

集评

其曰《怀人馆词》者三卷,其曰《红禅词》(即《无著词》的初名)者又二卷,造意造言,几如韩李之于文章,银碗盛雪,明月藏鹭,中有异境。此事东涂西抹者多,到此者少也。(清段玉裁《经韵楼集·怀人馆词序》)

八、感 怀

定庵《鹊踏枝·过人家废园作》末句又失之浅豁。(吴世昌《词林新话》)

百字令·经阮嗣宗[①]墓下作

蒋敦复

一堆黄土[②]，劝卿休白眼[③]，我来浇酒[④]。痛哭平生才子泪[⑤]，此泪除卿安有。我亦当年，最伤心者，肯落千秋后。风流尽矣，青山今日回首。

多少典午衣冠[⑥]，禅文九锡[⑦]，人世何鸡狗[⑧]。党籍遗风高士传[⑨]，玉骨棱棱[⑩]不朽。龙性难驯[⑪]，鸿飞已冥[⑫]，以酒全其寿[⑬]。茫茫万古，醉魂知尚醒否。

* 选自《芬陀利室词六种》，载陈乃乾编《清名家词》第八卷，上海：上海书店出版社，1982年。

① 阮嗣宗：晋阮籍，字嗣宗。
② 一堆黄土：即"一抔土"，代指坟墓。
③ 白眼：表示鄙薄或厌恶。详见厉鹗《百字令·丁酉清明》注。
④ 浇酒：指洒酒祭奠。
⑤ "痛哭"句：语出《晋书·阮籍传》："（籍）时率意独驾，不由径路，车迹所穷，辄痛哭而反。"
⑥ 典午："司马"之隐语，代指晋朝。《三国志·蜀书·谯周传》："周语次，因书版示立曰：'典午忽兮，月酉没兮。'典午者谓司马也。月酉者谓八月也，至八月而文王（按：司马昭）果崩。"衣冠，原指缙绅之家，此处指出入司马氏集团的士大夫、缙绅。
⑦ 禅文：禅位之文，即禅让皇位的文书。九锡，古代帝王赐给诸侯、大臣的九种器物，为臣子可得的最高礼遇。
⑧ 鸡狗：此处指鸡鸣狗盗之辈。李白《答王十二寒夜独酌有怀》："孔圣犹闻伤

江南词

凤麟,董龙更是何鸡狗。"

⑨党籍:指朋党,意指阮籍、嵇康等"竹林七贤"。高士传,书名,晋皇甫谧撰,专记上古至魏晋间隐士事迹。

⑩棱棱:白骨坚毅貌。

⑪龙性难驯:比喻人的性格倔强,难以驯服。南朝宋颜延之《五君咏·嵇中散》:"鸾翮有时铩,龙性谁能驯。"

⑫鸿飞已冥:比喻隐者远走高飞,不问世事。汉扬雄《法言·问明》:"治则见,乱则隐。鸿飞冥冥,弋人何慕焉?"

⑬"以酒"句:指阮籍借酒伴狂,得以避害。

作者简介

蒋敦复(1808—1867),字剑人,初名金和,字纯父(一作纯甫),曾更名尔锷,字子文,后自号江东老剑、丽农山人。江苏宝山(今属上海市)人。早孤家破,飘零久客。曾因避捕为僧,名妙尘,号铁岸,又自称"铁脊生"。后还俗,应试补诸生。复遁隐,潦倒而终。尚气节,有经济之才,通英语,解音律,有"江南才子"之称,曾与西人合作译书,与王韬、李善兰并有重名于上海。工诗文,善词,撰有《兵鉴》《宫调谱》《啸古堂诗文集》《芬陀利室词话》等,词作有《芬陀利室词》。

题 解

此篇为凭吊魏晋名士阮籍而作。全篇基调深沉哀怆,思接千载,情通古人。上阕侧重写君我之对比,以钦慕之情追忆阮籍生平,同时表明自己之失意不让前贤,其中似乎也暗含着奉"汉"为正朔的反清情绪;下阕追溯往昔,臧否人物,将阮籍与司马氏集团作史的对比,表达了对高士人格情操的肯定。最后呼应开头,收束全篇,还原了一场祭奠的全过程。词人的悲痛之感,来自于和阮籍情志的相和,同样的愤世嫉俗、怀才不遇,此刻的凭吊超越了时间和空间的限制,达成了精神上的共鸣。

· 江南相关知识 ·

阮籍墓

位于南京市秦淮区,旧名"七贤坊"。阮籍生长于中原,卒于魏,而墓在江南,史多辨疑。史载明朝万历年间,李昭掘得断碣二,刻有"晋贤阮""籍之墓",据此定为阮籍墓。明顾起元《瓦官古迹考》名其地为阮籍生里。陈作霖《凤麓小志》认为南渡之际,举族南迁,舆榇以至。袁枚则疑为阮孝绪之墓。清《开封府志》和《尉氏县制》明确记载,阮籍墓在尉氏东南三十里段庄,历代均有修葺。故南京阮籍墓疑为后人所立之衣冠冢。

贺新郎·秋恨

郑文焯

暗雨凄邻笛①。感秋魂、吟边憔悴,过江词客。非雾非烟神州渺,愁入一天冤碧②。梦不到、青芜旧国。休洒西风新亭泪③,障狂澜、犹有东南壁。空掩袂,望云北。

雕阑玉砌都陈迹。黯重扃④、夷歌野哭⑤,晦冥朝夕。十万横磨今安在⑥?赢得胡尘千尺。问天地、榛荆谁辟?夜半有人持山去⑦,蓦崩舟、坠壑蛟龙泣。还念此,断肠直。

* 选自《清代诗文集汇编》编纂委员会编《清代诗文集汇编》,上海:上海古籍出版社,2010 年,第 782 册第 468 页。

① 邻笛:晋人向秀闻邻人吹笛而思念故友,后因以借喻往昔怀旧。
② 冤碧:谓青碧的天色犹如冤气郁结。
③ 新亭泪:比喻忧时忧国者。新亭,亭名,又名劳劳亭,在今南京市南。东晋

初一些南渡名士于新亭宴饮,感国土沦丧,相对流泪。后称忧时下泪为"新亭泪"。

④扃:指门。

⑤夷歌:夷敌的欢歌。

⑥十万横磨:比喻精锐善战的士卒。典出《旧五代史·晋书·景延广传》:"晋朝有十万口横磨剑,翁若要战则早来。"

⑦"夜半"句:这里指京城陷落,国运难卜。典出《庄子·大宗师》:"夫藏舟于壑,藏山于泽,谓之固矣。然而夜半有力者负之而走,昧者不知也。"

题 解

这是一首感伤时事之作。词人借"悲秋"这个习见的主题,表达了对于国事的感伤和忧虑。上阕写词人行吟江边,看到山河破碎而心生憾恨。"空掩袂,望云北",其复杂的思想感情蕴藏在无限空深的袖口和无穷无尽的远方,读之令人恻然。下阕具体写到沦陷国土的惨状,兵士们牺牲的壮烈以及百姓逃难的困顿。一切令词人不仅仰头问天,却又深知无可奈何,力难从心,空断愁肠矣。全词风骨劲峭,意象纷繁,托兴深婉,是兼具思想性和艺术性的佳作。

浣溪沙

王国维

山寺微茫背夕曛①。鸟飞不到半山昏。上方孤磬定行云②。
试上高峰窥皓月。偶开天眼觑红尘③。可怜身是眼中人④。

* 选自陈永正注评《王国维词集》,上海:上海古籍出版社,2013年,第23页。

①微茫:隐约,模糊。夕曛,日落时的余晖。

②上方:指寺庙。磬,佛寺中钵形的打击乐器,以铜制成,外形如钵。这句说,在孤寂的山寺中,磬的乐声高入云霄,把飘动着的云也止住了。

③ 天眼：佛教所说"五眼"之一。《智度论》："天眼，得色界四大造清静色，是名天眼。天眼所见，自地及下地六道中众生诸物，若静、若远、若粗、若细诸色，无不能照。"又古诗词中常以天眼指月亮。觑，看。

④ 这两句是说，以天眼观照人世间，发现自己也不过是芸芸众生之一。

作者简介

王国维(1877—1927)，初名国桢，字静安，一字伯隅，初号礼堂，晚号观堂，又号永观，晚号观堂，浙江海宁人。早年东渡日本研究自然科学与哲学，曾任清廷南书房行走。1925 年，受聘清华大学研究院教授；1927年，自沉于北京颐和园昆明湖。王氏开近代风气之先，是一位集史学家、文学家、美学家、考古学家、词学家、金石学家和翻译理论家于一身的学者，生平著述 62 种，批校的古籍逾 200 种。曾撰《人间词话》，标举"境界"说，取径南唐、北宋词。有《人间词甲乙稿》，朱祖谋删定为《观堂长短句》，刊入《沧海遗音集》。

题解

此词为静安诸词中颇受注意者，有谓此篇乃王氏 1905 年夏归海宁时登硖山所作，也有人说词中纯是虚写，采用了西洋文艺中的象征主义手法。然则不论是否确有登山其事，词中寄兴遥深、发人深省的哲学意蕴当为人所共见。上阕述登山所见，山寺中有磬声响遏行云，颇似一种理想的人生境界，入人之耳，动人之心，使人直欲一窥究竟，得大解脱、大彻悟。下阕"试上""窥""偶"等则表明词人非但未能如愿，反而更增苦痛，悲憾交集。"偶开天眼觑红尘""可怜身是眼中人"两句境界极高，颇有屈子众醉独醒之风神。

集 评

"试上高峰窥皓月,偶开天眼觑红尘,可怜身是眼中人。"词意奇逸,以少许胜阮元《揅经室四集》卷一一《望远镜中看月歌》、陈澧《东塾先生遗诗·拟月中人望地球歌》、丘逢甲《岭云海日楼诗抄》卷七《七洲洋看月歌》之多许,黄公度《人境庐诗草》卷四《海行杂感》第七首亦逊其警拔。(钱锺书《管锥编》)

"试上高峰窥皓月,偶开天眼觑红尘",前句一字比一字向上,后句一字比一字向下。有此思想者不知填词,会填词者无此思想,有此思想能填词者,又无此修辞功夫。惟静安先生兼而有之。(顾随《顾随文集》)

近代西洋文艺有所谓象征主义者,静安先生之作殆近之焉。(叶嘉莹《迦陵谈词》)